五月雨

[日]樋口一叶 著
杨栩茜 译

中国出版集团　现代出版社

目录

埋　没　/　001

五月雨　/　049

玉　带　/　077

自　焚　/　101

无篷小舟　/　155

林荫草　/　159

樋口一叶年谱　/　167

埋　没

第一回

一支生花妙笔，幻化出五百罗汉十六善神，描摹出空中楼阁蜿蜒回廊；且看，那三寸香炉和五寸花瓶之上，勾勒着大和人物和汉族名仕，有些充满元禄时代①的风情风貌，有些梳着神代②的高高发髻。那武士的铠甲以及盛装威严的贵族人物，全都惟妙惟肖，更不必说，古朴清丽的花鸟风月，楚风韵致的高山流水，等等。

意趣高雅，浓淡相宜，怡然成趣，这是一个由入江濑三创造的斑斓的陶瓷世界。

这绝妙手艺博得喜爱洒金画的外行人的惊叹，但是入江濑三本人却日渐颓靡，他常放下画笔感慨此行的衰微。当下这个

---

① 日本朝代名。——译者注
② 日本传说中由神统治的时代称为"神代"。——译者注

"萨摩①"世道，堂堂锦斓陶器却比不上声望日重的"萨摩小鱼干"。

犹记得天保②年间，那位出身苗代川的陶工朴正官，曾慨叹此地缺乏制陶能手，年仅十六岁的少年豪情万丈，又是向官长陈情，又是到藩厅③请示，最终聘请两位师傅来到坚野教授技艺。他苦心孤诣，披肝沥胆几个春秋，终于在安政④年间于田子浦成功开办了陶器窑厂，并在制陶技艺中很有建树，其历经的艰难困苦自不尽言。现当下生逢提倡美术的盛世，且东京这个地界儿就聚集了二百多位陶艺师，可其中竟无一人愿极尽艺术之道，将日本陶器之精妙传播给万里海外的洋人。他们心中缺乏一展画技的豪情壮志，尽管手握画笔，内心却纠结于蝇头小利。

"美是什么，美不过是一种养家糊口的方式。"更有人以吉原洲崎⑤的花街娼妓为美，还大言不惭地说什么品川一带也不乏好货色。这些人嘴里哼着三味线的调子，边画边唱，乱画一

---

① 萨摩是九州地方的地名，明治维新时期萨摩的诸侯和藩士们参加官军，积极讨伐德川幕府，因此萨摩人在此时期威信很高。——译者注
② 日本朝代名。——译者注
③ 明治维新初期，旧幕府诸侯被任命为藩知事。——译者注
④ 日本朝代名。——译者注
⑤ 日本第一花柳街吉原（よしわら）是江户时代被公开允许的妓院集中地、位于东京台东区，这个地名到1966年为止一直存在。江东区洲崎的"洲崎妓院街"的洲崎大门和吉原大门连接的道路被称作"大门通"（大门路）。——译者注

气,自大无比。

"在这个金钱世界中,哪里还有什么品位可言,不过是把价格当作艺术品的评判标准罢了,能够符合批发商要求的商品,就是上乘之作。"不知哪位画工如是说。

就这样,日本陶艺界被奸商左右,陶器价格一落千丈,众多画工虽然手持一支妙笔,却彷徨在无明的困梦中。就这样形成恶性循环,他们既怕耽误时间又怕浪费材料,继而不断偷工减料,最后做出一些粗制滥造的烂品。甚至还有人把刚刚入门的惺忪困觉的小徒弟打醒,任由他们胡乱涂抹,不管洒金还是描金①,那些图案简直和抹布上的污渍无异,根本与美无关,简直是给业界丢尽了脸面。如果任凭事态发展下去,用不了十年的时间,怕是他们手下的陶器便会沦落到与今户烧②的土器为邻,在破败的店面中积灰。

其实这些画工也备感忧虑,他们并非一无所知的傻瓜,但是很多人认为时势如同即将倾泻而下的洪水,总有一天会冲垮堤岸,遂冷眼旁观之。而且还将自身懈怠原因导致的后果归咎于地震之类的天灾,老天爷真是冤枉极了。诚然如此,如今这

---

① 描金又称泥金画漆,是一种在漆器表面,用金色描绘花纹的装饰方法。陶瓷方面的描金则属于釉上彩绘的一种陶瓷技艺,历史悠久。——译者注
② 今户烧(今户烧,いまどやき)是15世纪中旬,于东京台东区今户区起源的素陶瓷器名称。生产日用杂器、茶道具、土人形、火钵、植木钵、瓦等。——译者注

世道都是不明就里的人们，虽然大家是蜻蜓州①的一分子，却毫不顾忌大日本帝国的名誉。

"我这般执着，看上去是有些愚蠢，但是我自有主张。也许有人会笑我疯狂，但纵使赐予我千万黄金，也不能动摇我的志向分毫。我一定要发奋精进，在这个把轻浮浅薄之人当作才子的明治时代，叫大家睁大眼睛看看所谓愚钝价值几何？让众人瞧瞧热情钻研的结果是什么。即便在世人眼里不名一文，我也立誓要烧制出完美无瑕的作品，将自己的名号留在陶艺史上。可我入江濑三如今一贫如洗，空抱志向已有数年岁月，我的理想何时才能实现？"

每次想到这些烦心事，濑三便气得手脚发抖，几乎肝胆俱裂，把满腔热泪往肚子里咽。

也不知是谁给他起了一个"愤世先生"的名号，由此，入江濑三慢慢成了人们酒足饭饱后的谈资。他家鲜有人来访，他没有朋友，没有弟子，没有妻子，只有一个妹妹阿蝶与之为伴。在高伦的如来寺前，一处夕颜缠绕的篱垣墙内，蚊香袅袅不绝于檐前的茅屋里，过着与破蒲扇有着不解之缘的日子。

---

① 日本的地理景观奇特且秀丽，形似琵琶横卧海角，又如弯弓孤悬天涯。传说神武天皇曾登高远眺，岛国风情尽收眼底，禁不住发出赞叹："妍哉乎，国之获矣！其如蜻蛉之点水乎。"神武天皇将日本地貌喻为"蜻蜓点水"，可谓神形兼得。所以日本有时也被人称为"蜻蜓州"。——译者注

第二回

　　十六七岁，伤春悲秋的年纪，哪怕望见一片飘零的落叶，也会心生挂念。但对于穷人家的姑娘来说，所谓的风花雪月不过徒增愁苦罢了。与她年龄相仿的女孩子们，纷纷穿着当下流行花样的浴衣，风姿楚楚，越看越令人心生怜爱。她们涂着厚厚的白粉，费尽心思将头发梳成发髻燕尾，姿色平平的脸庞，精心装扮之下倒有几分正牌美人的味道，擦肩而过留下香气盈盈。她们如此精心装扮，原是黄昏前要去神社参拜，也不知道这些姑娘们许了什么心愿，想必神仙也在为实现这么多的愿望感到头疼吧。

　　阿蝶虽不为自己的衣衫简陋感到羞耻，但也并不十分高兴，她身着一件浆洗得发白的浴衣，迈着小碎步从她们身边匆匆匆路过。缘日①那天，她无心留恋卖女孩子饰品的小店铺，满脑子都是哥哥的事情。

  我心所求并非荣华富贵，只希望哥哥的一身手艺可以大放异彩，让平日里总是寒碜人的两个画工给哥哥道歉，安慰父母的在天之灵。如果可以得偿所愿，哪怕自己再寒酸一些也无妨，哪怕是到了用绳子当腰带的地步，我也心甘情愿。

阿蝶秉持着这样的信念，所以每次把绣活交到店面的时候，总会顺道去白金町的清正公神社祈福。但她从未把心事告诉哥哥，怕哥哥到时会打趣说："哎呀，妹妹比我还要热心陶艺呢。"

阿蝶疾步匆匆，想着快点回家。经过一条小胡同时，看见前面路人攘扰聚集，不知是有人打架，还是抓住了小偷。阿蝶不想招惹是非，本想悄悄绕过人群，但此时从围观群众里传来了呜咽啼哭的声音，阿蝶不由得停下脚步，原来中间围着一位五十多岁的老妇人，跟自己相比，她的样子更贫寒几分，原来

---

① 缘日是与神佛有缘（うえん）之日，如神佛的诞生、显灵（示现）、誓愿等选定有缘（ゆかり）的日子，亦是进行祭祀及奉养的日子。在该日参拜的话，一般相信会灵验。——译者注

贫穷真是没有底线的。

或许从前这位婆婆也是大户人家的妇女，那皱纹深深的眉目中还残存着往日高雅的风度。她在此处靠叫卖小饼子为生，此时正跪在地上不住地磕头赔罪。对方是个三十出头、胡须茂盛、身着大花纹样式浴衣的男人。只见他袒露胸脯，暴跳如雷地大喊大叫。哎。在这个金钱至上的年代，也许他们曾经还是熟识呢。

有些人受到别人钱财方面的施舍，但是后来却无法遵照约定按期偿还。人世难居，大家各有各的难处啊。这其中有些人为了躲避债务，总是佯装自己离家在外，不得已用一些谎言来搪塞债主，可躲得了初一躲不过十五，最终还是无济于事。

还有些人半夜到东家那里请罪，不顾名誉脸面，一逃了之。这个老婆婆也许就有着类似的遭遇，她害怕丢脸似的，一边流泪一边小声求饶着。阿蝶慢慢从只言片语中拼凑出老婆婆的境况，好像是她唯一的女儿如今卧病不起了。

"求您再宽限些时日吧，女儿病好了，我们一定想办法。"老婆婆苦苦哀求着。

阿蝶觉得自己与她同病相怜，不禁对眼前这个男子心生怨气。可那个男子却扬言："既然还不了利钱，那么就把这个饼摊子给我吧。"

老人抱着他的大腿，痛哭流涕："求您高抬贵手吧，没有了这个摊子我和女儿更没有活路了。"

但那个鬼夜叉却狠狠拨开老婆婆作揖的双手,这一幕气得阿蝶全身发抖,她暗想:"这个恶鬼,他养尊处优,整日胡吃海喝,哪里懂得穷人的疾苦啊。他不是恶鬼就是夜叉,要是自己有钱一定会将钞票狠狠地拍在他的脸上。"只是自己穷得一无所有,又有什么办法呢,只能在这里干着急罢了。

阿蝶叹息着,她多希望围观的人群中能够有人挺身而出,哪怕一个人也好,能够出面帮帮老婆婆。而就在这时候,有个男子几乎是擦着阿蝶的肩膀,快步走进了人群中间。还没等阿蝶反应过来,那个男子一把抓住大胡子的胳膊,望着他微微一笑,看热闹的人群立即将目光投放在这个男子身上。

这个人身姿俊朗,微微露出怀表的金链,温和儒雅的风姿,叫人心生敬佩,是位年纪二十八九岁的绅士。

他回头望望老婆婆,对着大胡子说:"我只是在此路过,并不知晓你们之间的恩怨,不过她已经上了年纪,办事欠周到也是有的。何况在大街上拉扯容易招惹是非,要是把带洋刀的大老爷们惹来了,那就不好办了,给我几分薄面,饶了她吧。"绅士温和地劝告道。

"你是哪根葱?别在这里多管闲事,要是赔罪能够解决问题,我至于在这里跟她浪费口舌吗?我现在就把实情跟你好好说道说道。我是她的恩人,把房子租给她住了两三个月的时间，免去她风餐露宿之苦，哪承想这老鬼又觍着脸跟我借了五块钱，我借钱给她自然是为了赚钱。当时约定好的利钱是二分，哪怕天崩地裂，就算死了独生女，我从没有松口说过可以延期，或是打折扣。现在在这里跟我哭哭啼啼，像什么话，我可不是大慈善家，这个摊子就权当利钱吧。我没收了这个饼摊子，合情合理。"大胡子放出狠话，那样子简直可恶极了。

绅士一听，放声大笑道："没有用钱摆不平的事情，这个容易，俗话说，四海之内皆兄弟也。这钱我来替她还吧。"

说罢，他便从钱包里取出一枚五元钱和一块银圆，和善地说："我知道这些远远不够啊，但你是大恩人，好人做到底，就这样吧，得饶人处且饶人。"

这时候人群中有人窃窃私语："别看这个绅士老爷看起来慈眉善目的，但是要是那个大胡子依旧不依不饶，说不定也会抡起拳头，把他臭揍一顿呢。"

大胡子将钱揣进怀里，又接着找出很多借契，那些无数人眼泪写就的字条在他手里被翻来翻去，终于摸索出写有老婆婆名字的那张。

"看，全都给你了，这个钱儿哪够还债啊，不过啊，聊胜于无，这回算啦，你可是遇见大靠山了，不用还利息就能借钱了，哎哟，虽然跟我没关系，但我可担心这大善人的下场呢。"

大胡子冷笑着拂去衣裳上的尘土，没有还礼也丝毫不觉得羞愧，大步流星地走了。这样的坏人，大地在他的脚下并没有裂开缝隙，也没有石头把他绊倒。

年轻的绅士不等老婆婆道谢，忙劝道："区区小事，不足挂齿，刚巧我手里有点钱，这才帮解了围，要是没带钱，我也犯难哪。人生本就起起伏伏，等什么时候你东山再起了，我再去朝你讨要这点钱吧。那么在你发达之前就先把这份人情记下吧，我不是什么知名人物，不用记得我是谁。"

说罢，他推开老婆婆的双手，人们望着他悠然离去的背影，觉得天空分外明亮烜赫。

第三回

　　从十三岁那年开始算起，入江濑三执笔已十六载年月。他沉迷画道，虽视富贵如浮云，但却始终放不下成名的念头，那恒久的信念经年在胸中燃烧着，欲望的火焰烧灼得他痛不欲生。不过他这个人自视甚高，若要他学会世人那般谄媚逢迎，简直是天方夜谭。他绝对不会轻易放下身段，因此人家都叫他"老顽固"。也因此，他对眼下这个社会更加不满，只好在独自一人的时候告慰自己："我一定可以等到一飞冲天的黎明，待到光耀门楣的那一刻，让你们好好瞧瞧我濑三的手艺。"可是事实呢，他除去贫穷之外身无长物，那飞黄腾达的时刻究竟要等到何时？无数个夜里，想到自己那如同弥勒出世般渺茫的前景时，入江濑三心中煎熬难以将息。

　　某天，依旧是睁眼到天明。清晨，庭院中露珠涟涟，他恍惚间想起了亡师，遂决定前往寺庙参拜，于是顺手摘下几朵墙根下的夏菊花，也不理会妹妹阿蝶的询问，没有吃早饭便出门去了。

师父的坟地在他家不远处伊皿子的泉岳寺内，濑三穿过青翠的嫩竹篱笆，拖着格拉格拉的木屐走在还残存着扫帚痕迹的小道上，小路上面刚洒过凉凉的水。他感到底襟缠在脚底甚是烦琐，于是利索地撩起底襟，露出两条赤裸裸的大腿。

濑三身高适中，模样不赖，黑黑的皮肤，高鼻梁，嘴巴紧闭着，目露威光，看起来难以接近，冷酷中又有几分寂寥。他身穿萨摩产的蓝色旧单衣，系着白色兵儿带①。咋看都让人觉得他这个人似有满腔怨气无处发泄似的。不过此时的濑三右手拿着几枝夏菊花，显露出几分温柔的神色。在他的眼里，所见之物都是可以研究的作画对象。

这时，路边一家格子户中，有位肌肤胜雪的美人，身着米泽亮纱，绑有黑繻腰带，面如芙蓉，袅袅身姿，杨柳黑发上簪有华丽的首饰。濑三不禁赞叹道，"美不胜收，若要将这种美丽映射到我的陶器之上，也是一件妙事，若真能如此，我们也可称为益友。"

他茫然自失的模样吓到了那位美女，"啊，那个人好恶心，傻乎乎的。"美女说完便往前走了五六步。濑三自讨没趣，觉

---

① 和服带子之一，和半巾带一样宽，使用丝绸等较柔软的面料经过加工而成。——译者注

得很是无聊。

这时屋子里又跑出来一个小男童,三岁左右,穿着一件无袖浴衣,上面印有几朵变种的菊花。濑三看见这几朵菊花,不由得又开始琢磨,"要是把这几朵菊花画在顾客定制的香炉上,肯定不赖,可是人家要求的花样是红叶。但那又如何,画画的可是我的这双手,我可不愿听任何人的差遣。"

说真的,濑三长这么大,只听取过师父的意见,虽然如今他穷困潦倒,但依旧不改顽固的心志。可是正因为自己的固执,妹妹才会整日为了柴米油盐愁眉苦脸。濑三想到这里,觉得自己没有资格在妹妹面前摆谱,可又转念一想,"好像阿蝶并不怨我,她也在为我的命运不济而感叹,这是自然,总有一天我会时来运转的,将来有一天,我要让阿蝶也乘坐黑漆包车出入自家的豪华公馆,被人尊称夫人,这绝对不是难事。嗨,说起大公馆,首先要觅得良婿呀。"

想到这里,濑三抬头一看,眼前不正是自己想象中的那种大公馆吗,牌匾上"筱原辰雄"四个大字赫然醒目。濑三不禁赞叹道:"好个气派的住宅,不知房主是何方人物,如果碰巧是位爱国志士,那么自己可否将日本美术行业的颓靡以及画工地位的窘迫向他陈情一二呢,说不定他会提供一些帮助呢。"濑三竟一厢情愿地从一个陌生人身上找出路,也不知道这样的自己有多么可笑。

就这么胡思乱想着,他迈上小土坡,穿过寺门。和尚们还在贪睡,也听不到念经的声音,真是自然清净的宝地。清晨的风吹过松梢,清清爽爽的。他绕过佛堂向墓地走去,当他走过堆放水桶的井台旁边时,"入江先生,好久不见。"突然有人叫住了他。

濑三回头一看,有个男人猛地跑到他跟前,两手俯伏在地上。濑三被这幅情景吓住了,他木然地呆立原地,看着眼前这个男人。

那个缩在濑三脚底的男子开口道:"你不记得我了吗?还是你觉得我不配为人所以不愿意理我呀。我知道,跟清白正直的你相反,我真是寒碜极了。可是如今我已改过自新,也并不想为自己辩解,只想着能为曾经的罪孽还债。我如今后悔不已,想忏悔自己的罪过,但是我始终不曾找到可以袒露心扉的人。我们曾经同为师兄弟,我认为只有你才能帮助我。"

伏在濑三身边的男子清晰地露出耳朵旁的两颗黑痣,虽然装束和以前完全不同,但濑三一眼就认出他是新次。

"他是故去恩师最宠爱的弟子,师父将来还打算收为义子,谁知他假借购买材料的名义,卷着一大笔钱跑路了。自此,直到师父去世他再也没有露过面。现在突然出现,跟自己还称呼什么师兄师弟,真是胆大妄为。"濑三心里想道。

濑三气得急火攻心,横眉瞪眼地凝视着新次,丝毫不听对方的分辨："我不想听你胡扯，闭嘴吧，如果我们还是师兄弟，那么也就是兄弟，作为兄长的我自然要听你解释，还要教训你；但是你和我什么关系都没有，我从来不认识你，也没见过你，我入江濑三从来清白正直，你可不要胡乱把我当作友人什么的，我还珍惜自己这点清誉呢。你快走开，我要趁露水未干之前为师父敬花，要是花朵枯萎了，就可惜了。"

说完，濑三便匆匆往前走了。

那个男子喊道："请等等我。"然后便站起来抓住濑三的衣袖。

"你说得对，我都听你的，请你尽情地责备我吧，我认识到了自己的罪孽，哪怕你用鞭子抽我我也认了。可是你却说跟我是陌生人，难道我以前认识的入江师兄和如今的入江先生是两个人吗？或者是你的心变了，或者是我看错你了，我将你看作师父的唯一亲人，我诚心谢罪，想跟你表明自己改过自新的经过，你真的令我很失望。"

"闭嘴。"濑三不等新次把话说完，就回头呵斥一声，那洪亮的声音几乎要震破了新次的耳鼓。濑三生来不是巧舌如簧的人，他气得嘴唇抖个不停："新次，你不是人，你不懂得感恩，忘恩负义，你不知道自己犯下了什么滔天大罪，我濑三不管是从前还是现在，从来都是遵循人间正道，一步都不曾走错。你倒说说看，我有什么地方做得不对！你这人，做出种种不忠不义之事。奈何师父生前宠爱你，只有我和师父二人知道你的丑行，自从我发誓绝不泄露你的罪行以来，已经过去了十年之久。正是因为我守口如瓶，你才能安稳度日到现在，这一切究竟是拜谁所赐，即便你刚才不提，我也是要拿鞭子打你的。我手中的菊花本来是要供奉给师父的，那么，我现在就用它来惩戒你，不错，打你的是我濑三，命令我打你的是师父，新次，你要是真心悔悟，就记住这打在身上的感觉吧！"

濑三气冲冲地朝新次鞭打了几下后，便丢下菊花，狠狠地盯着新次。这回新次倒有个男子汉的样子，他从头到尾一动不动，默默忍受着。新次本就俊朗的容颜更添一分庄雅，双眼充满悔恨的泪水，眉宇间满是惭愧的神色。

"这个人曾是师父生前宠爱的徒弟，如今我究竟是将他看作仇人来敌视，还是当作陌生人视而不见呢？"濑三心中十分迷惑。

此时的新次静静地抬起头来，开始叙说自己这些年的经历。濑三听过之后感到十分懊恼，为方才的冲动羞愧不已。原来新次并不是蓄意卷款逃跑的，他也是因为一时糊涂才误入歧途的。

"我不是自私自利的小人啊，以前我认为做大事者不拘小节，想着自己能够干出一番利国利民的好事，但是没想到却弄巧成拙。现在醒悟过来才知道自己的蠢笨。现实和理想根本就是两回事，我终于领悟到自己的无能，也渐渐认识到正义是人间至宝，因此我不再抱有不切实际的幻想。但为时已晚，我已经一无所有了，于是我不得不痛下决心，远走他乡。命运有时就是这么离奇，如今我也算是小有成就，今日荣归故里，我一心想去师父面前磕头赔罪，可是没想到师父早已化入黄土。这些日子以来，我每天汲取新鲜的井水供奉在师父坟前，只要一想到师父就泪流不止，每每由松风吹干湿润的衣袖。每当从井水中望到自己的脸时，我就增添几分怀念，我越发思念你，真的，我的好兄弟，哪怕你打我也好骂我也好，能够再次见到你我觉得太高兴了，你就是我的亲哥哥呀。"说罢，新次滚落下一滴眼泪。

濑三连连感叹，将新次从地上扶起，"误会你了，很抱歉，我很后悔刚才的鲁莽，不过我没有别的意思，希望你能体谅我，走，咱们到师父坟前去吧，一切都已经过去了。"

濑三为人磊落大方，听完师弟的一席话后，自然是冰释前嫌。他们两个从前就非常要好，现在一定是师父的旨意，让两个人重归于好。濑三与新次互邀到家中做客，新次问道："哥哥如今住在哪里呀？"

"就在离这里不远的如来寺前面，那处草丛茂密的茅舍。"

新次高兴地说，"我们离得不远，我如今住在坡下，现在我改名叫筱原。"

濑三吃惊道："真是人间奇遇呀，传说中的辰雄先生就是你吗？"

第四回

如今天下恶鬼横行，在黑暗中彷徨已久的濑三，总算得以看到一点光亮，他慢慢感到光明的前途徐徐在眼前展现出来。曾经的新次，也就是当今的筱原辰雄，以前当画工的时候，因为心高气傲而人缘不太好，师父越是宠爱于他，旁人就越是看不惯，常有人在背后诋毁他傲慢狡猾，与之来往者不多。

濑三心地善良，拿新次就像自己弟弟那样对待，但是自打新次辜负了恩师的情谊，将钱财卷跑以后，师父和濑三都觉得自己看走了眼，为了不让此奇耻大辱被世人知晓，他们隐瞒了七八年的时间。在这几年中，濑三始终没能释怀，他经常想起新次，担心他不知在哪里进了恶人的圈子，如今身在何方在干些什么，等等。没想到世事轮转，新次如今摇身变成了堂堂绅士，为人高洁谦逊，濑三越来越喜欢与他交谈，从墓地回去的路上，濑三在新次家同他交谈了半日。

如今的辰雄把自己迄今为止的经历和盘托出，不论好坏都毫无保留地讲予濑三。现在这家公馆的原主人姓筱原，是某某地的大财主，辰雄来到他家做事后渐得主人的青睐，于是主家便将自己的独生女许配给他。后来辰雄继任户主，没过两年，妻子和岳母也相继病逝，辰雄便继承了万贯家财。虽然并没有人背后非议，但辰雄心里并不乐意支配这些财产，他希望亲戚中能有人出来代为管理。但是一直没有人愿意出面承担，于是他便接受了这安逸自在的生活。

辰雄继续往下说："自从继承遗产之后，我心里埋藏的那些理想又开始蠢蠢欲动，虽然知道有些不切实际，但还是不能完全断念，这可能就是我这个人的老毛病吧。为了筹办社会福利事业，我四处奔走，这次的东京计划也是缘于一个项目，抵京的这几日我的确结交了不少仁人志士，因此在圈内积攒了些许名气。被人尊重爱戴是天大的好事，但是每当想起往日的种种，便会吓出一身冷汗。虽说我不是出于歹意，但是的确辜负了师父的期望，做了有辱师门的事情，青天白日下我也不能安心，我害怕老天爷的凝视，总觉得自己亏欠了太多太多，心中无法得到片刻的安宁，常常从睡梦中惊醒。这隐匿于内心深处的痛苦，折磨得我痛不欲生。"

辰雄将自己的想法坦白地告于濑三，濑三非常反感那些外表清秀朗朗而内里肮脏轻浮的白面小生，因而辰雄这种坦率的态度让他大为感怀，他由衷地敬佩辰雄的性情，甚至觉得连其往日的错误也似白璧微瑕般，几经雕琢后反添几分耀眼的光泽。

慢慢地，濑三消减了心中的恨意，两人谈得十分投机。由于辰雄人脉宽广，来访者络绎不绝，打扰了二人促膝谈心的好时光。

"入江兄，真想找个闲静的地方跟你畅所欲言，你什么时候有空？"辰雄问道。

"这个呀，穷人哪有清闲时间啊，不过说起闲静，我那个地方倒是僻静得很，有的不过是后院的汲水声和哄孩子的声音罢了，而且离你这里很近，你随时都能过来。粗茶淡饭我还是请得起的。"濑三直率地说。

"这可真是太好了，入江兄不问世事，胸中一股浩然正气，远离凡俗的境地，以笔为乐，肯定心无所扰。我和你相比，真是自惭形秽。"辰雄叹气道。

"我有什么可羡慕的？我这支笔不能遂心，我这个人也不能融入社会，将来啊，不知道自己是被饿死还是被气死呢。"濑三苦笑道。

追忆起往昔的岁月，濑三也打开了话匣子，一番促膝长谈过后，濑三准备回家。看屋外，回廊曲折蜿蜒，庭院宽敞阔绰，濑三不禁感叹人世的变幻莫测。他回顾着辰雄与众不同的风姿，而辰雄也面带微笑地目送他离去。

"真是个气派的人物。"濑三心里赞叹着辰雄，竟也毫不客气地穿上了侍女摆在门廊上的木屐，兴高采烈地回家了。

回到家，他忍不住在阿蝶面前对辰雄大加赞赏，虽然阿蝶并不想目睹这位辰雄大人的风采，却也在心里暗暗思索："平常在哥哥口中，世人大都是毒如蛇蝎的，能被他大加夸赞的人究竟是何方神圣？"阿蝶看见哥哥开心的样子，也开心起来。

当夏蝉在后院的朴树上叽叽喳喳的时候，阿蝶收起针线活，又将家里打扫得干干净净，正在门前洒水时，听到门外有人询问，"入江先生在吗？"

"您是？"阿蝶急忙回头问。

来者正是辰雄，他看到阿蝶双肩上斜系着揽袖带[①]的俏丽身姿，不禁赞叹道："真是个大美人儿。"

阿蝶发现客人正凝视着自己，俄而双颊泛红。原来这位客人就是前几日在清正公神社参拜路上遇见的那位年轻绅士，阿蝶心中诧异："来我家何事？"

她的心狂跳不止，从此与相思结下不解之缘。

---

① 日本妇女在劳动时为了挽起和服的长袖，斜系在双肩上交叉于背后的带子。——译者注

第五回

八月末，蟋蟀在房间一隅鸣叫不已，街道的景色也染上了淡淡秋意。而这时，有人在皇城南面的三田附近买下一块土地，拆掉原有的二三十栋房屋，热闹地兴起土木来了。工地上的木桩上醒目地写着"博爱医院建筑用地"几个大字，在堆满砖头的台基处传来吵闹的打夯声。这件大事顿时成为街谈巷议的话题，人们无不赞扬筱原辰雄的善行。

当今世道下，这位大人没有怨天尤人，也从不惋惜宛如吉野纸般凉薄的世情，他立志救国救民，虽然个人力量微不足道，但却甘愿为了心中理想奉献终身。面对当今百姓水深火热的生活，他身先士卒，痛恨着这个"朱门酒肉臭，路有冻死骨"的现实——

富人傍炉赏落雪观花的冬日，穷人妇女挨饿的眼泪却要冻结成冰；权贵在高楼中悬挂宫灯迎风纳凉的夜晚，孝子们也许在病床前偷偷抽泣。最最可怜的是身患疾病的人，纵然世有名医，周围也不乏药铺药品，但因为无钱求医问药，只能任由疾病折磨摧残。有些人无奈地望着亲人在自己面前死去，而死亡的原因不是大限已到也不是前世的宿孽，只是由于贫穷。此时，身为亲人的内心苦楚可想而知。

人之初，性本善，有些人迫于生活的重压，哪里还顾得上礼义廉耻，因此群情激愤，世道便动乱了。值此国家危亡之际，必须要挺身而出挽救贫苦大众。于是筱原先生率先捐出资产，从亟待解决的部分着手，一面构建富国强民的策略，一面周旋于达官显贵中间。

诚如古人云："德不孤，必有邻①。"这样一来，某某大官某某财主跟他意气相投，行善积德的美名迅速传播开来，自然，崇尚德义的人也同声附和，筱原辰雄很快成了响当当的人物，人人倾慕他的德行，无人不知这个有名的大慈善家。

濑三也越发尊重起这个曾经的小师弟，况且自己又和他亲身接触过，因此对他颇为敬仰。本来濑三从不愿接受别人的帮助，但在辰雄面前却无暇顾及颜面，将压抑已久的话语一股脑儿都倾诉了出来。

某日，二人谈到日本当下陶艺界的颓靡，濑三便向辰雄说

---

① "德不孤，必有邻"的意思是有道德的人是不会孤单的，一定有志同道合的人来和他相伴，出自《论语·里仁》，作者是孔子。——译者注

道："我向来笃志画道，可尽管我一日不曾懈怠，又有谁会听我倾诉衷肠呢？世人反过来辱骂我讥讽我，想来真是叫人气愤，但是这又能怪谁呢，我入行十六年之久，却从未在共进会上获得什么奖项。虽说贫苦没能束缚这支自由作画的笔，可我知道自己性情执拗，不讨喜，批发商也只是在我这里订购一些低等商品。每天都做着不合心意的工作，这心气怎么能平顺呢，对世间万物的不满在胸腔里累积着，因此我变得自暴自弃起来，反正没有人懂得欣赏艺术，那我又何苦苦心孤诣呢？所以我故意将陶器制作得粗俗简陋。渐渐地，我吞下血泪制造的粗品和同行们节衣缩食制造的粗品并无区别，在他人心里我变成了一个只会吹牛，没有真才实学的人，现在我已经声名扫地了。空有一支绝妙之笔和精心构思，不能描绘心中的风景。我身为堂堂七尺男儿，怎能不明白'有志者事竟成'？但不知是世人太愚蠢，还是我自己过于顽固，冥冥之中虚度了这些年。你曾经在这行待过，多少也了解一些行情，希望你能为我出个好主意。"

辰雄听濑三感慨一番，也感叹道："其实我也正有此意，我为国家忧虑的也是这个，德义的废弃，人情的腐败，我每天都在担忧这些。世人却投身浊流仍不自知，而同道之人确实少之又少。不过我始终不曾放弃信念，最终得以被两三位有识之士所赏识，而今我募得资金，终于可以大展拳脚。虽然这样说有些大言不惭，但是希望你能将我看作振奋的例子，千万不要轻易放弃自己的理想,一定要坚持对艺术的追求。我愿意为你担负制造的费用,不过你生有傲骨,说不定不会接受我的资助。我国特有的石制陶器价格低廉,质量也远远不如英国法国之流。唯独萨摩陶器,土质釉料和其他国家不同,简直是天下圣品,无奈日本的画工不争气,批发商也没能耐,导致日本陶器业变得颓靡不振。我多年以来一直惦念着这件事,为之惋惜。现在咱们两个的想法不谋而合,这就是机缘吧,你千万要把握住。"辰雄热心地鼓励他。

濑三眼含热泪。生平第一次向人服软道谢:"那么就拜托你了。"

辰雄不等濑三说完,信誓旦旦地回应:"交给我好了。"

几日过后,三田的工事也在如火如荼地进行,一则爆炸性新闻在陶艺画工们之间传开,传闻那位隐身于如来寺门草莽间,三年以来蛰伏无闻的"愤世先生",这回终于要大展拳脚了。有些人喜欢奚落优秀于自己的人,同行们明里暗里对他冷嘲热讽。

不过,濑三当下有了坚实的靠山,反而觉得这群人可笑至极,他静静地下笔工作,这次选定的材料是沈寿官①的精制细陶②,作品是濑三素来喜好的三尺高的西口龙耳花瓶一对,假

---

① 沈寿官家族世世代代做萨摩烧,是日本萨摩烧的著名家族之一。——译者注
② 细陶:相对粗陶而言,即制作精细的陶器。——译者注

以时日就可看见百花烂漫灿灿金光的成品,那陶器上的人物景色如在眼前浮动,濑三莞尔一笑,感觉自己比王侯贵人还要快乐,他仿佛远离俗世,置身于凌空驾云的神仙境地。

就这样,日子缓缓流淌着。

第六回

阿蝶由衷地佩服辰雄的人品作为，将他尊为神的化身，如今又看到辰雄像待亲妹妹般待自己，心里既高兴又感激。随着两个人相处的增多，最初互相不通姓名之时就萌生的情感，随着时间越发炽热，少女痴心情动，隐而不露。

阿蝶温柔如水，宛如雅淡的荻花般娇弱，可无人知道她刚烈的内在。她其实外柔内刚，一旦下定了决心，哪怕是赴汤蹈火也不会有丝毫畏惧。她感到自身卑贱没有教养，对方是声望显赫的知名人士，她总是暗地中责备自己的奢望。不过，人的感情怎么能轻易受控呢？越是想压制对他的思念，便越是思念万千。虽说她告诫自己要把相思深埋心底，一辈子清净寡居，可信念却时不时发生动摇。她非常在意外界对辰雄的评价，要是听到世人对他的赞美，自己也由衷地高兴，可万万没想到，某天她竟听到一个不好的消息：某子爵有意将自己的爱女许配于辰雄。阿蝶听到这个传闻后，胸膛里一阵悸动，于是试探性向哥哥打听，哥哥听到后哈哈大笑："没有这回事。"

但濑三也兴许记挂着这件事，第二天晚上辰雄过来做客的时候，濑三向他求证。辰雄回答道："不是虚言，确有此事，对方是过去收入几万石的旧大名，我听到这个就觉得心烦，早已回绝了对方五六次，你说可笑不可笑，他们竟还不死心，还隔三岔五叫媒人过来说合。"

看辰雄若无其事的样子，好像压根没有把这件事放在心上。

"但是为什么呢，你还年轻，不能永远独身下去呀，你是不是早已有了心上人啊，如果没有的话，也应该考虑考虑呀。"濑三故意试探他。

辰雄回答说："我也没有想过永远独身下去，不过我可不愿成为富贵人家的上门女婿，也不想娶什么公主小姐，即便这个女人精通茶道花道，容貌姣好，再或者有点学问傍身，那又有什么价值呢？我认为不知人间疾苦的妻子和木偶无异，娶过来根本不会料理家务和处理人际，并且自己还要在有钱有势的老丈人面前卑躬屈膝。说起娶妻，我一不要求门第高贵，二不奢求家境优渥，我只看中女子的德行，如果有心地纯良的女子，希望可以介绍给我认识。"

这一番话说得漂亮，濑三回头便看见阿蝶脸上泛起了红晕。

辰雄来这里串门，从未端出名人的架子，三个人亲如一家。濑三觉得辰雄胜似自己的亲兄弟，心里也对他有了一些期望，有时会把自己的这个念头吐露给阿蝶，阿蝶每次听到类似的话，便害羞地遮起脸面匆匆跑去厨房。

不过，从这过后，阿蝶一心磨炼自己的德行言辞，从家里的吃穿用度着手，在待人接物方面倍加细心。情思暗涌，总是来回搅动她的心弦，相思无尽无穷。她祈祷自己能得到辰雄的喜爱，不被他厌烦，期盼可以获得永恒的爱情，两个人未来可以琴瑟和鸣，举案齐眉。一颗爱恋的心永恒地燃烧着，与此同时，内心也升起了某种别样的情绪，她有时会猜测，辰雄在自己面前那样温柔体贴，可背地里是不是也会想起自己；有时她又开始自责自卑，讨厌没来由的胡思乱想。阿蝶一半的心都放在辰雄那里，所有的喜怒哀乐都以辰雄为转移，善恶黑白也完全以辰雄为依据，思恋把她弄得心乱如麻。

濑三站在旁观者角度观察着这对年轻人，他认为辰雄对阿蝶的爱意不次于阿蝶，双方都是真心实意，他们就是天造地设的一对。每次听到二人缱绻的蜜语，濑三的内心就犹如双双蝴蝶在百花园中飞舞，春风拂过心尖儿，心神在温流中荡漾。他身处和乐美好的环境中，没有心魔作怪，画笔有力，整个人生机勃勃。他笔下的唐草①，轮廓细节、颜色构图等，无不栩栩如生。经过素烧②、一窑、二窑、三窑等复杂的环节，在光阴的流逝中，迎来了残菊落叶的秋日，转眼又到了北风劲吹的冬天，岁末扫除和捣年糕的声音在四处回响。

---

① 唐草，即蔓生的草。蔓生植物的枝茎滋长延伸、蔓蔓不断，人们对它寄予了茂盛、长久的吉祥寓意。——译者注
② 指先烧陶瓷生坯的一道工序。——译者注

第七回

辞旧迎新乃是人世常态，但像今年这般心情愉悦地迎接新年，还真是不多见。

初日冉冉升起的时候，濑三在水井里汲水，望着井中旋转的水辘轳，他忍不住感叹自己的命运，不断辗转之中终于也转到了出头之日。他们兄妹二人共饮屠苏，庆祝新年。

"为青春干杯。"他不免慷慨激昂，斟酒给妹妹的样子也蛮有趣。

家中虽只有兄妹二人，但也效仿往日宫中的仪式，拿出彩漆三层套盒摆放饭菜，这个家的一切都很陈旧，唯有十二尺长的廊檐上的那个四扇纸门是新的，不再像往年那样修补得各种颜色，今年换上了崭新洁白的纸张，不消说，这肯定是筱原的功劳，大早起两个人就念叨起了辰雄的恩情。

濑三原本从不受人恩惠，但是为了艺术他也改变了自己的执拗，这四五个月的费用几乎都是辰雄赞助的，其中包括彩陶贴金的二两纯金，几次烧窑的花费以及其他费用，等等。辰雄这样照顾他们兄妹，这让濑三心中十分过意不去，去年年底辰雄又送来几块布料，濑三推辞不过，最终留下了送给妹妹的那件衣料。他说自己是个糙汉子，无须这些装扮，便把剩余的布料送回去了。濑三为了不辜负人家的一番情谊，特意叫妹妹缝制了一件新衣，阿蝶今年芳龄十八，穿上新装后简直就像含苞待放的花朵般娇艳，更加楚楚动人。哥哥心里委实高兴，心想："要是阿蝶能一直这么打扮自己，该有多好哇。"

新年伊始，大家都忙着走亲访友，但濑三并没有这些人际交往的需要，打算休息一天。他横躺在床上，用手支着脸颊，舒舒服服地打了一个盹儿。突然一声："可喜可贺呀"传来，原来是有人串门了。濑三心中诧异："真是稀罕，大过年的究竟是谁啊？"原来是平日里鲜有来往的批发店老板。

阿蝶在屋里招呼着，店老板摇着扇子，开始口若悬河起来，并为自己往日的疏于问候表达歉意，希望今后可以多多往来。

阿蝶将老板的话转达给哥哥，哥哥脸上浮现出得意的神色："真是见钱眼开的货，他的那番话可不是对我说的，而是对它们说的。"濑三指了指内室里的那对花瓶。

大家都对这对花瓶抱有很高的期待，在未完工之前就有很多人开始竞争，想要提前预订，不过濑三全都拒绝了他们的要求，他早已计划要将这对花瓶送去哥伦布博览会参展，所有事情都是辰雄在背后操持，濑三自己则悠然地在家工作，这怎能不叫他痛快呢，也难怪他吐出了一些大话。

晚上点灯时分，辰雄拜完年后又来到濑三这里串门，人脉颇广的辰雄先生不惧疲倦，叫车夫在濑三家门口停下。两个人你一言我一语，一会儿提起放风筝的往昔，一会儿又说起转陀螺的趣事，接下来辰雄一反常态地说："虽然我在尘世中辗转多年，交游甚广，可是最难忘怀的还是儿时的回忆呀。如今这人世间没有一件事是叫我舒心的，我想到这个需要救援，那个也需要扶助，深陷于不相配的事业中，我愤恨自己力量的不足，经常在暗地里流泪，不过，这一切都是我自愿为之的，如今抱怨什么的好像也说不过去。只有在你这，才能让我暂且忘却尘世的烦忧。"

濑三疑惑道："真是怪事呀，现在无人不知你博爱仁慈的品性，所有人都崇拜你，还有什么不满足吗？"

"我心里的苦楚，只有我自己明白。要是值得庆贺的事情，还能拿出来供大家分享，但是这连自己都难以忍受的苦楚，怎么好意思叫你们一起分担呢。邪易侵正乃是世间常态，所以别再问我了吧，再说下去我只是更加烦恼。"

辰雄说罢，抬起头来，他的脸色青白，没有一点血色，阿蝶见他咬住嘴唇眉头紧锁的样子，心疼极了，轻轻拽了拽哥哥的衣角，濑三稍稍往前探了一步。

"真正的朋友怎么可以只谈论喜乐呢，喜忧共同分担才是真正的朋友，也许有人只喜欢听高兴的事情，不喜欢听难过的事情，不过我不是那样的人，你这样跟我见外，我有点生气。我明白自称兄长有些妄自尊大，不过我是真的把你当作亲兄弟看待的。我愿意和你一起，哪怕是上刀山下油锅，希望你能和我敞开心扉，如果你闭口不言，我是不会安心的。尤其是阿蝶，她也会为你担心不已。女孩心胸不如男人开阔，她总会为一点小事暗自伤怀，如果这样的话，我就太为难了，话都说到一半了，你就跟我们好好说说吧。"

濑三苦口婆心地规劝着辰雄，阿蝶没有说话，一双手不安地扭绞着，她的心焦躁不安。

辰雄则像突然想起来什么似的："真是的，我怎么这样呢，这大过年的竟然扫大家的兴。有苦有乐，有乐才有苦，乐极则生悲。人生五十年不就是这样循环往复吗，要是所有的事情都一一介怀，为此伤神的话，那么恐怕也活不长久吧。阿蝶小姐，千万别介意呀，方才是酒后失言，我这个人啊，喝完酒就爱说疯话，你可不要太在意呀。"说完，辰雄咯咯大笑起来，似乎根本没有什么烦心事似的。接着他又继续最开始的话题，夜色深了才起身回家。

阿蝶心中越发苦闷，夜不能眠，眼泪不住地流，浸湿了枕头。她不停地回味着辰雄的话："可怜的筱原先生，是不是那样热心的公益事业出了什么差池，谈得来的朋友毕竟是少数，这世道还是敌人多啊，他现在一定非常痛苦。今天晚上的话，今天夜晚的脸色，一定是事出有因，不然他绝不会那么萎靡。是不是他觉得我们还是生疏，所以不肯讲予我听。不管怎么样，我将来一定要成为你的妻子，我要和你同喜同悲，在你最艰难的时候，我要向你证明我的一片真心。从外表上看人人都一样，只有剥掉皮肉才能看清内在，希望你有一天能和我袒露心声，我一定会和你共渡难关。"

阿蝶左思右想之际，清晨的钟声将她从梦中叫醒，在这个喜庆的大年初一，怕是只有她一个人在为爱情苦恼吧。

过了三天，辰雄派人送来一封书信，"初七是我的生日，定于该日举办新年宴会，恳请阿蝶姑娘过来帮忙一天。"

或许辰雄是特意想让阿蝶开心，还附带着当天出席宴会的整套衣饰装扮。这是充满心意的礼物，要是阿蝶穿上这身行头周旋在满是达官贵人的宴席上，肯定不会惹人耻笑，濑三高兴地答应了辰雄。阿蝶自不必说，她为了回馈辰雄的心意，特意精心装扮了一番。这可真是锦上添花，纯粹的淑女显得更加娇俏动人。

"哇，好个名媛淑女，真想让泉下的父母也看看闺女的风姿呢。"阿蝶听到哥哥这句话，不由得对着镜子哭了。

第八回

　　窗前的梅花早已在百花盛放之前绽放，莺啼檐前，春风拂面之际，濑三终于完成了自己的大作。在四窑、八次烧制的过程中，有关柴火的增减，火色的反应等所有细节，无一不是煞费苦心。有时候火色不够理想，他担忧得整颗心都要燃烧起来，还有时，被窑里传出的某种声响吓得大惊失色，生怕作品发生裂口或是化为乌有，要么就是为金色的色泽忧虑。这几个月的时间他苦心经营，终于得偿所愿，他用新稻草将花瓶的表面擦了又擦，磨出了非常高级的光泽感。当他看着花瓶的彩绘时，感到自己身上也发出了光芒。

　　花瓶的正面是一条蛟龙，翻涌的浪花呈圆形，周围环绕着古代唐草、菊花和桐花；中间是一片云海，上端是东大寺的模样，此外还有长形和圆形的花纹；圆形菊花模样作为上下端的分界，虽然只是普通的菊花，但胜在画工精巧，一丝不苟；下面部分是金阁寺和银阁寺，另一面画的是稻村和凑川崎。这乃是濑三诚心诚意之作，彩色鲜明，构图生动，一眼就能看出是出自名家之手。边框四周描画着古萨摩风的七草，点缀着镀金模样的蝴蝶，剩余部分则是一片金砂云海，别具一格的设计定是技艺超绝的人才能完成的，底座上的是象征花样。

濑三对自己的作品感到相当满意，他对着这对花瓶说："如果还有人嘲讽我的手艺，那么随他吧，懂行的人都应该来见识见识，什么是美，也许我濑三能力有限，但也把毕生的能力都倾注在这件作品上了。"

晚上小酌一杯，濑三心情越发明朗轻快，于是想要到筱原家去谈谈这件作品，顺便感谢他招待阿蝶的深情厚谊，阿蝶见哥哥要出门，喊道："等等。"她拉住哥哥的袖子，之后欲言又止。

濑三后退几步问道："怎么了？"

"没什么，就是夜凉了，小心风寒。"

濑三明白妹妹的关心，就高兴地说："放心，我不会逗留太久，不过酒醒了容易感冒，我在外面套一件外套吧。"于是，濑三到廊檐上披了一件外褂。

阿蝶帮哥哥整整衣襟，望着哥哥的脸说："哥哥，你该刮胡子了，过年的时候不刮胡子出门，有点不雅观呢。"

"晚上没人瞧见，不碍事，明天再帮我刮吧。我刚把作品制作完成，虽说不是踌躇满志，但也值得庆贺一番，我想着这四五天里把辰雄约出来，我们三个人一起出去玩吧。今晚我就去约他，不会回来太晚的，不过啊，家里有值钱的东西，你就插上门等我吧。哎呀呀，心中的阴霾一扫而空，这月色真是美。"

阿蝶见哥哥要出门，就拉着手一直送到门外，地上留下两个斑驳的人影，一个渐渐走远了，另一个身影在原地一动不动，夜晚的风轻轻摇着屋檐下的朴树。

濑三来到了辰雄的住宅，看见了大门上的门牌，心里不禁想："牌子的主人前几个月还是陌生人，没想到未来竟然会成为自己的妹夫。"

濑三不喜欢叩门通报这等繁文缛节，而且他也很熟悉辰雄的卧房，于是径自推开通往内室的小门，踏着落满了寒霜的草坪，悄悄来到了袖篱前。他听到里面传出谈话的声音，帐子上映射着两三个人影，看样子好像是卧谈会，濑三便竖起耳朵静听，一句两句，里面的对话简直把濑三吓出一身冷汗，那是做梦都料不到的怪事。

"要是利用子爵做幌子来央求某某长官，这件事保准万无一失，这位长官的印章在花柳街的一位美人那里，金主就是那位大财主，我早已提前打过招呼。若此事能成，管他三七二十一，人们爱说什么说什么。蠢人手里有那么多钱简直就是浪费，拿出来对社会做做贡献也好。那人虽是留洋归来的大才子，也是木头一个，他百分之百会中计。这麻醉药嘛，也就是入江的宝贝妹妹，上次宴会时候我就看清楚了，这个大才子早已经为阿蝶神魂颠倒了。不过濑三这个家伙有点顽固，好在他顾念于我的恩情，不好违背我的要求。那个阿蝶就是个傻女人，又痴情又单纯，最容易下手，尽管我投入了不少本钱，不过啊，山人自有妙计，保准能够获得成功。话说回来，这个濑三真是叫我大呼意外，真是个毫无用处的草包，我可不能白白浪费钱财，虽然历史上也有'楠公养善哭士兵[①]'的例子，不过世上可没有白活的人，我如此博爱不就是为了成仁吗？"

说话的不是别人，正是筱原辰雄。

"畜生。"

濑三气得咬牙切齿，猛然站起来，但他只是捏了捏自己的手臂，没有闯进屋去。里面的说话声不知何时停止了，传出了清脆的玉笛声。

[①] 公元12世纪初，日本一位名叫楠正成的名将，军中养有一位只擅长哭、其他一概不会的士兵，众人不理解楠公为何养此闲人，但在一次攻防战中这位士兵在军阵一人凄声大哭不止，诱使敌人以为楠正成已经战死，放松了警惕，楠公也借此一举攻破防线得胜。——译者注

第九回

如果能博得辰雄一笑，阿蝶便感到欢喜；如果看见他愁容满面，阿蝶便忧思满怀。阿蝶已经完全爱上了辰雄，她的容颜上写满了恋爱的苦恼。某天，辰雄这样跟阿蝶说：

"不知何时开始，我对你一见倾心，无时无刻不在思念着你，本来我一心为国家尽忠，但现在这颗心却有一半属于你，心里十分内疚。不知道你是否对我有意，但我将你看作未来的妻子，那位子爵千金的事情，早就断然拒绝了。俗话说'千里之堤毁于蚁穴'，这的确是我不好，因为近些日子以来的事业大都仰仗那位子爵大人的扶持，但是眼看我的事业就要见到曙光了，他突然表示不会再继续支持我了。如果没有了子爵的资金支援，那我的事业只能陷于停滞，我怎么可以放弃自己的心血呢？但是一切都是为了你，哪怕失败，哪怕被人嘲讽，我也心甘情愿，但我又不能置国家的前途命运于不顾，我在两难中百般煎熬。可是我的苦痛却无人可诉，虽然你是我最亲近的人，但是我不敢向你坦白这些日子以来的全部苦楚，其实事情也是有转机的，但是，但是我怎么能向你解释这样的事情呢？"

阿蝶见状，就抱怨地说："怎么，难道你不明白我的心吗？"

"我怎么会不明白呢，正因我们心意相通所以我不敢跟你说啊。其实事情成败与否关键在于你，今天宾客有个相当有实力的大财主，他表示愿意做我的财东。"

"但是，这和我有什么关系呢？"

"就是这一点叫我为难啊，他不知道从哪听说的，误以为你是我的妹妹，执意想娶你为妻，我真是不知如何是好了，我是不是要放手将你献身于国家未来，而自己趁早死心呢？虽然我能放弃私欲，但是这怎么好跟你开口呢？"

阿蝶眼看着心爱的人焦灼难过，一颗小小的心也碎了满地。她将事情的责任归咎于自己，思来想去没有一个好办法。

我是不是要放弃贞洁来表达我对他的忠贞？那么做的话我的心永远不会安宁；可是我怎么能眼睁睁看着他毁掉名声前途，这简直是恩将仇报。天哪，到底我该怎么办，如果左右都为难，那么我还不如死了干净。世上多艰难困苦，人在来到这个世上之前都是无形的，如果没有阿蝶这个肉体的存在，他就不会忌惮流言，他就可以同那位子爵小姐结为夫妇。如果是上天的宿命，那么我愿意舍弃自己的身体。死于疾病和殁于相思并无不同，生命只有一次，我想我无愧于天地，神佛定不会斥责于我，哥哥也会理解我的吧。

阿蝶下定决心，再没有丝毫的留恋了，可怜阿蝶清白之身，始终守身如玉，甚至梦中也不曾忘记训诫自己："不慕富贵，不惧贫贱。"十八岁的年华正如美玉一枚，但是如今却被一个大魔王划得伤痕累累，这个大魔王寄身于筱原辰雄，时而幻化成引诱鲜花吐蕊的春风，时而变换为蒙住月光的秋云，牵愁惹恨，将阿蝶彻底迷惑。东西南北，最后把她牵引到何处了呢？天涯海角，无处寻觅，一双明眸不再璀璨，一对樱唇不再启开，浓密的头发雪白的肌肤，全都不复存在了。寒风夜半月凄凄，阿蝶杳无踪影，独留下一封带有泪痕的书信。

第十回

濑三跌坐在花瓶前面,涌出满腔热泪。

他凝望着这对花瓶,眼里似迸发出火光,他死死地抱着自己的胳膊,痛恨地说道:"该死的,打断我这双胳膊吧,如果我生来身体残缺手指弯曲,我就不会踏入这个行当,哪里还会有什么出名的奢望呢?从前在先师名下,我的陶画首屈一指,虽无卖弄之心,但也成了颇有名气的陶艺画匠。后来无瑕的心中也渐渐有了更多邪念,自己总是愤慨抱怨,抱怨贫困导致一身手艺无用武之地,导致自己有了不该有的念想,拜托了不能拜托的人,吃了人家的嗟来之食,这究竟是为了什么!我还将阿蝶许配给那个不仁不义之人。我呀我呀,都怪这身技艺,被迷了双目,失了心智。阿蝶的不幸都是我造成的,难道说我为了一己私利就要逼死自己的亲妹妹吗?为了学艺的艰苦,就甘心让污浊玷污自己吗？冷笑我的辰雄，嘲笑我的辰雄，得利的是你，罪孽的是我，'君子绝交不出恶声'，虽然我不懂君子之道，但我自知蒙受他的恩惠，恩情如泰山沧海，虽然我对他恨之入骨，但我还是要顾念曾经的恩情，听到他的奸恶诡计，我不应该袖手旁观，为了人间正义，我应该挥舞着秘密的短剑刺破他的胸膛，这并不难做到。静言思之，正因为有此身技艺才会有这个花瓶，为了这对花瓶，我不能用刀刺他，不能抡起拳头，那么可恨的是我自己呀，是这身手艺呀，是这对花瓶啊。你们是我的敌人，是我的仇人，是祸害。我要将你摧毁，再去刺死辰雄。若不是因为你们，我何苦求得别人恩情，何苦背负人情？"

濑三紧紧握着双拳，起身。

花瓶上的金阁寺和银阁寺映入眼帘，这每一笔都凝结着他毕生的心血。尤其是四周的洒金，甚至连濑三自己都觉得妙不可言。为了这身技艺，不知历经多少年的困苦。

濑三暗自琢磨："真的是美不胜收。除我之外，是否还有人怀抱如此精妙之艺呢？入行已有十七年之久，现在将不肯轻易示人的名字刻在花瓶之上，为的就是给海外的洋人和万国的画工瞧瞧日本臣民入江濑三的得意之作。我怎么可以亲手打碎呢？可是我知道自己终究是不合世道的，我要隐藏起自己的信念，一辈子隐于深山吗？那岂不是太过可惜？如果阿蝶能够回来，如果辰雄能够改邪归正，这个作品是可以保存下来的。"

濑三双手抱着花瓶，心神恍惚，拿不定主意。仿佛身已入画中，又似被画中之景包围。没有阿蝶，没有辰雄，没有志得意满，没有意气风发，唯有身后发出阵阵金光，四方传来喝彩之声。

在他莞尔一笑之时，似乎听到有人在耳边低语："濑三是蠢货。"那是筱原的声音。

"畜生！"他猛然回头，又听见一声温柔的嘱托："哥哥，别着凉了。"

濑三高兴地想，"阿蝶回来了吗？"

阿蝶指着前边说："哥哥，我们去那边吧。"

濑三一看，那里有金阁寺和银阁寺，云彩翻涌，秋花烂漫，蝴蝶飞舞，那梦幻的雾霭好似他亲手描绘的那般。濑三如痴如醉地呓语道："有趣有趣。"

画中蛟龙非池中之物，云海翻涌，波涛滚滚，蝴蝶、花朵、凤凰、桐花、源氏车、斧子车和牡丹花，还有唐草、蔓草、吉野樱花、龙田红叶。

"那个美，这个也美，阿蝶也美，辰雄也美，我的笔最美。

如今扔下这支笔，我要去哪里呢，天下之人都有眼无珠，我的佳作没有意义，我的朋友就是你们，你们是我的朋友啊，那么我们一起同归于尽吧！"

濑三抱起那对花瓶，狠狠地扔到庭院的石头上面，而后伴随着嘎吱的碎裂之声和哈哈大笑之声，夜半的钟声远远传来，天地之间，唯有一轮明月朗照大地。

五月雨

一

"菖蒲春水深，杜若含清露"①，美人如花交映池面，可爱深紫爱浅紫？簪于文金高岛田发髻②的白色元结③，是两人都喜爱的淡淡樱花纹样，轻灵雅秀之态，花开并蒂，平分秋色。俗语说："兄弟阋于墙而外御其侮④。"虽免不了小打小闹，但耐不住姊妹情深，转眼又亲密无间。

"你若是不在了我可怎么办？"

"不，您才是最重要的。"

如此形影不离的两位姑娘，其实是一对关系要好的主仆。

---

① 日本谚语，"春兰秋菊，各有所长。"因菖蒲和杜若十分相似很难区分，用来形容个个都是美人，不分上下。——译者注
② 岛田发髻的一种，日本妇女发型之一，江户时代宫女和未婚女性，现在举行婚礼的新娘爱梳。——译者注
③ 扎发髻的细绳。——译者注
④ 《诗经·小雅·常棣》："兄弟阋于墙，外御其侮。"——译者注

小姐是某位梨本大人的爱女，名唤优子，她容颜秀丽，雪肤花貌，眉如远山，姿色天然羞煞世间繁花。二月初，有浅色红梅开于淡淡白雪中，暗香幽幽。且看优子，白色脂粉轻匀玉颜，薄施玉虫色①的口红，于这料峭初春之时，雪似梅花，梅花似雪脂，肌如凝脂，唇若玉虫，袅袅少女，令人见之忘俗。

优子年方十九，一直墨守深闺，她是属于温室的一枚花朵，不闻凡间俗世，唯有松间清风与她的古琴相合。那颗唯恐春日迟暮的心，真真是悠闲自在。

转而到了落花时节，晨风凌厉，吹散庭院落花如雪，春寒仍料峭，天空飘荡着薄如蝶羽的微雨。她只身于廊橼凭栏，怀抱着猫咪小玉。侍女八重从旁解开猫咪的项圈，她年纪比优子小一岁，脸上有着迷人的单酒窝，她轻轻地把手放下，不经意间回头望望，俄而皱起眉头，哧哧地笑着。

"小姐，您瞧，它这样子多好玩。"八重兴致勃勃地邀请小姐赏玩猫咪。

优子百无聊赖。"八重，你干吗总是这么逗我笑？我没觉得呀。"小姐装作恼怒地说，她不去看八重逗猫，漠然眺望着院子。

---

① 忽绿忽紫的颜色。——译者注

"小姐，您今天心情不好吗？"

"没有哇，没有心情不好，就是……"

优子按捺住内心的悸动，不想泄露自己的念头，答复道："八重，我有话要问你，春日风雅之花之鸟，你更钟情哪个？"

"哇，好奇怪的问题，我没想过这个呀，八重长于乡野田畔处，自然对归雁①更怜爱一些吧。"

"你真是与众不同，你情愿白白辜负春日流丽美景吗？说起物哀，隐于深山的花朵，始终不为世人知晓，独自盛开之，寂寞零落之②，这是她的本意吗？既然结局都是残风中凋谢，那么在爱人家中萎谢凋零，才不会心生怨恨吧。若是没有山间涓涓细流，更不知飘零何处。③哎，何其悲哀。"优子莞尔而笑。

"但是，小姐您应该很懂花心吧，我方才说喜爱归雁，其实自己也不太明白。在晓月夜的花山中，在夜半春雨的床前，啼鸣哀哀的大雁不由得叫我感同身受，可悲可怜，引发秋思，叫我怀念起自己的家乡和过世的双亲。"八重哽咽着，不禁为之动情。

---

① 出自《伊势物语·归雁》。春霞来大地，归雁竟高飞。住惯无花里，安能不北归。——译者注
② 源赖政的《深山花》，深山藏树影，独见樱花俏。——译者注
③ 花落随流水，空劳有意人。山中花纵有，山地已无春。——译者注

"原来如此呀，我也同你一样，一刻都不曾忘记自己的乳娘，要是她还在人世也会很疼爱我，可是越是想念，就越是悲伤和心碎，可是，我力不能及呀，你就把我当作你的姐姐吧，因为我比你年龄大，就这么说定了，不管将来如何，我都会把你当作自己的亲妹妹。"优子不由得动容。

"一定是前世的缘分才让我再次拥有了亲人，您的大恩大德我无以言表，您的恩情比山高比海深，我会永远铭记这份关怀。这样说可能有些失礼，但我从来没有把您当作主人，甚至忘记了自己是个什么都不懂的新人，在家里任性自由着，哪怕是在自己的亲生父母身边，也不能如此随性啊。我为自己的鲁莽感到惭愧，因为我生来愚笨，不能和您谈论高雅风流之事。我想着能够为您做点别的什么，我好恨自己的没有教养。"

八重的眼泪啪嗒啪嗒滴落到双膝上，优子满腹疑惑地盯着八重。

"八重，你是不是有什么烦心事？我从来没有想到过你会有怨言，那么跟我说说吧，你心里是不是隐藏着什么，也许这些话不方便同母亲讲，但是你我之间没有什么不能说的，我没想到今天你会说这些话，哎呀，你在想什么呀？"优子紧紧地盯着八重的脸。

"那个那个，果然就是有芥蒂，你为什么要把心事藏起来呢，难道说我们亲如姐妹这都是假的吗?"优子追问。

"不是的，不是假的，我有什么好隐藏的?"

"那么我问你，隐于深山①的花心是什么？"优子莞尔一笑。

"哎呀，大小姐，您快别取笑我了。"

---

① 此处指八重的暗恋。——译者注

二

相思入骨，朝朝暮暮。心似双丝网，剪不断，理还乱。优子生来不懂圆滑之道，虽然她性情柔和又冰雪聪明，善解人意，可是那片阴暗的浓云总是笼罩着她的心，唯有侍女八重看穿了她的烦恼。

"我也不是完全不能为小姐分忧，我们定是积累了三世的缘分，今生才能亲如姐妹。故乡的那些时光恍如隔世，'你就勇敢地朝着东方前进吧，那里有我们的恩人，母亲在世不能送给你什么，但是他们应该不会忘记我的。'年幼时，我常同母亲在床边聊天，我小小的心里就开始记挂着您。后来我家接二连三遭遇不幸，漂泊动荡的浮世中只剩我孤苦一身，无依无靠。虽然我是一个弱女子，但我立志在城市里扎根，起初的目的虽另有缘由，但是后来事与愿违，我要寻找的人变了，第二次的恩情是能够再次遇见您,您解救了我,小姐对我的情谊比山还要高,比海还要深,没有人会像您这样怜悯一个孤女。起初,我根本不懂如何侍奉主家,在您身边勤恳干活,我没有见过这么多人,想都没有想过这个场景,不过世上还是好人多。即使心中的思念如开水沸腾一样强烈,也要藏于心中,①您为人谨慎谦恭,这样心绪不佳,万一愁出疾病,那就不好办了。虽然我不知道您爱恋着谁,但是我衷心希望您可以得偿夙愿。小姐您是千金之躯,怎懂得世间疾苦,您本该安然度日,可是这个世界又是这么苦。"

八重又想到自身的遭遇,不禁顾影自怜。

优子由衷地安慰她:"这是我初次品尝到思恋的滋味,总觉得有些难为情,因此竭力掩藏。并非我故意隐瞒,其实多次话到嘴边,但是却因羞愧就没有说出口。不知道这几天你是否留意过,下人们在背地里念叨的那个光源氏②,你要是也见到他就好了,尽管我不是被他的俊朗容颜吸引。父亲待他相当热情,我也曾亲自为他奉上薄茶一杯,之后便神往之,我的心就像小方绸巾③。他的气度玉树临风,难以形容,在当今的年轻人中可不多见。每次父亲夸奖他的时候,我也不自觉地脸色泛红,觉

---

① 意指"想"比"说"更重要。——译者注
② 源氏貌美惊人,长得可与日月同辉,世人称"光华公子"。才华横溢,生性风流,一生得到众多女子的青睐。——译者注
③ 《茶道》擦或接茶碗用的小绸巾。——译者注

得如坐针毡。我对他的爱慕与日俱增，我如此这般向你形容他的种种，但是那种思恋的情感却形容不上来。你也无法感同身受，也不知道你会不会取笑我。一睹公子之风度，便牵动了思念，我便思量着，若今世不能与他白头偕老，我打算此生一人孤独终老，在忧思中虚度往后岁月，宁愿被恋情焦灼而死。若是命运对我果真这般无情，哪怕让我成为多么尊贵的夫人，生下多么可爱的孩子，也只是徒增伤悲。"

优子的眼泪扑簌簌地掉落下来，八重悄悄靠近她。

"小姐，您为何有这么伤心的念头啊，八重自知自己天性愚钝，可就真的不配为您分忧吗？对方并不知道您对他的情谊，焉知不会成功呢？我会用尽全力助您实现心愿。您默默地思念着他，总是郁郁寡欢，这些日子您的脸色十分难看，老爷夫人一直担心您是不是生病了，他们二老肯定担心极了。我把您当作亲姐姐，您要是把我当作妹妹，我怎么能不重视您的事情呢，您跟我客气什么，说什么要孤老一生，死也要埋藏自己的情感，千万不要有这种想法了。"

八重泪眼汪汪地规劝着小姐。

"如果我能抑制这份思念，就不用连累你也跟着我难过，我满脑子都是这些虚无缥缈的念想，害自己的身体都憔悴了，为何我不能痛下决心忘记那个人呢？每次听到亲切的话语便失去了平日的审慎。"

优子越说越女孩子气，呜咽抽泣着。

等到优子稍微平静时，又说道："八重、刚刚我那么坦率地说出心中所想，想必让你为难了，他是我一生的心愿，但是我不打算把这颗心告诉他。我从未奢望能从他那里得到回应。"

优子哭得梨花带雨。

"您看您又这个样子了。我想，或许您能将心意告知于他，会得到一个满意的答复也未可知呢？您莫再愁眉苦脸了。"

"没有没有，这事只有八重知道，杉原先生不是懦弱放荡之流，我担心自己告白以后，他会认为我是个放荡的女人，怒斥我的无聊，那就难办了。"

"您想多了，人非草木孰能无情，他不会那般无情，您刚才说您的心上人叫杉原，那么您知道他的名字吗？"

"好像是叫三郎，那次他来的时候你不在，你们正好擦肩而过。"

优子看着八重说。

三

  云雀啾啾，小麦青青茸茸一望无际，山坡上，紫花地丁星点其间，在风里招招摇摇。犹记旧时烂漫，几曾识得愁苦？八重在小河边随意摘下一朵野菊花，扔到河里任其随水流走。那时虽然自己比三郎年幼，但是却装作大人的样子。"你的袖子湿了，我来给你戴上揽袖带吧。"那故作成熟的姿态引人发笑。遥想故乡之人，唯有相思无尽。①

  自你去到东京，从此音尘渺茫。我接连遭遇不幸，亲人骨肉分离天各一方，双亲也相继病故。神无

---

① 此处是指八重回忆童年时期的乡野风景，有春天的云雀和紫花地丁，有秋季的菊花，想象交织。——译者注

月之时①，灾祸接踵而至，祸不单行，那是一个绵绵寒雨的夜晚，我的心和那时的天气一般潮湿阴郁。曾经我受过郡长那个小混混儿子的些许恩情，他便趁机来找我的麻烦，向我提出很多过分的要求。虽然我想反击，但是我一介女流如何有力量对抗他呢，我本想逆来顺受，尽快平息这场风波。

"要是没有钱还就当我的小老婆吧，将来说不定还能成为正妻。"

我听尽了污蔑之词。因为我日夜翘盼与你再会，便趁着夜色逃了出来。

后来辗转来到东京，我无处藏身也不知去向何处，历尽了艰难险阻。但是幸好，我心里始终存有一线希望，虽然我做过很多卑贱的工作，但我知道自己的心是清纯的，我的所作所为没有任何污点。在这个满是千金名媛的大都市中，我八重素颜素面，身着棉衣，绑脚绊②，寒怆可怜，可是我从来没有干过一点丢脸的事，我找你找得好辛苦。

缘分使然，我来到这个大户人家当差，最初在厨房帮忙做工，同时学着点东西。某天，小姐乘坐

---

① 神无月：日本旧历十月的别称，又名时雨月。——译者注
② 乡下姑娘的装扮。——译者注

的马车正要气势凛凛地进门之时,同正要出门的我擦肩而过,不知怎的,那马车碰到了我头上的发簪,簪子滚落到车子前面,被压碎了。小姐见状很是可怜我。

"不好意思,这是我弄坏的,我应该赔一个新的给你。"

其实簪子掉落本就是我自己不小心的缘故,被压碎也是正常,我没有怨恨小姐的马车,更没有奢望让小姐赔给我一个新的。不过那簪子是亡母留给我的遗物,我不能给别人,于是把它拾起来,感到有些沮丧。

"你没有亲人吗,真是个可怜的孩子。你从庭院那边来我的房间做事吧,我想听你讲讲你的故事。"

于是,小姐把我领到她的房间。这时候我才注意到这户人家客厅的装饰和庭院的景致。我想,小姐肯定是位贵族千金,谈吐优雅不凡,高洁尊贵,竟然亲切地跟我这个乡下姑娘说:"我们都是女孩子呀。"

她对我特别温柔,我也慢慢舒展心怀,我们两个人敞开心扉这呀那呀说了很多。

"你的母亲是不是她?"没想到小姐会这么问我。

"说实话,您怎么知道。"我说。

"你难道忘记了吗？你和我就像亲姐妹，我叫梨本优子。"小姐欢喜地拉着我的手。

"原来家母当初喂养的孩子就是你呀，见到小姐我真是太高兴了，只是我飘零的身世，令人唏嘘。"我感极而泣。

"荣枯有时，世事无常，从今往后，万事都交给我好了。这样说有些不好听，从今天开始你就把这里当作自己的归宿吧，我和母亲都很喜欢你。"

夫人又千叮咛万嘱咐，然后我就在这里做工了。我是个乡下姑娘，起初总是闹出一些笑话，但是小姐在背地里教导我，那些老侍女们也从没有欺负过我，我渐渐忘记了烦恼，变得很快乐。小姐对我恩重如山，我无以为报，她应该与心上人相逢相知，两个人同心同意，一定可以谈得来。小姐近些日子总是神思恍惚，想必拼命爱着那个人。哪承想……

"小姐，您这些天以来茶饭不思，苦思冥想的人是？"我问道。

"杉原三郎。"

杉原三郎，杉原三郎，虽然没有三轮山前的杉树为证①，但我确信小姐的心上人就是自己昔日的恋人，不禁悲从中来。正因为小姐一无所知，才把如此心事告知身为侍女的我，我不想让小姐伤心为难，我要竭尽全力帮她找到那个人。

为了促成此事，我应该写点什么为妙，那么写一封信给他吧。怎么写比较好？信封上就写"常盘木②，无情之人亲启"怎么样？我心里忐忑不安，不知道能不能表达自己的心意。

小姐花容月貌，且学问品德都无可挑剔，这么完美无缺的人，他肯定不会讨厌的。我是地道的村姑，不能与她相提并论。

可是，迄今为止我所受的苦难都是因为谁啊，此世都不再见他了，哪怕有一天他站在自己面前，相见也是惨剧。小姐对我的恩情比泰山还高，哪怕让我去大海拾珠，我也不会有半句怨言。我决定帮她找到恋人，可自己还是不能痛下决心。恩情是恩情，爱情是爱情，我应该写信给三郎帮帮小姐吗？不行不行，这样的话行不通，还是把事情坦白为宜，那样小姐会理

---

① 此处出自《拾遗集》，妾在三轮山下去，茅庵一室常独处。君若恋我请光临，记取门前有杉树。以及《古今和歌集》。久待三轮山，经年无讯息。无人到此寻，令我长相忆。三轮山位于奈良县，这里的"杉"指代"杉原"。——译者注
② 这里指杉原，常盘木为常绿树，指代杉，出自僧正遍昭的和歌。——译者注

解我吗？不，不，她一定会说算了吧。要是我的心愿可以达成，奈何身不随心，离情别绪无穷无尽。

八重认真地朗读着书信。明天肯定是晴天，看，西边映出一片绮丽红霞。

四

　　是谁说的，不论男人还是女人，法师还是稚童，都喜欢好看的人，谁都是好色的。①这个叫杉原三郎的人，风姿俊秀，举止儒雅清逸，潇洒美少年，公子世无双。

　　姐妹二人同被相思所困。

　　梨本家的姑娘迁居别墅休养。橡树嫩叶上的露珠清亮欲滴，晚风习习下，杉原三郎慢慢踱步思量："我应该前去看望优子。"于是他前往别墅，叩响柴门。

　　事隔经年，三郎同八重相见，两人相顾无言，千言万语道不尽相思之情。今日不要谈论恩情义理，任由奔涌的泪水倾泻而下。

---

① 此处沿袭《枕草子》中的句子。不论男人和女人、法师与僧徒，即使山盟海誓，相亲相爱，但能好到最后的颇为罕见。——译者注

"天可怜见,小姐如今这般伤怀不为别人,她生来高贵,而且天性良善。其实本来不应由我说出这些,不过你看过这封信应该就明白了,若你对小姐无情,那么我只有一死。多年未见,我只有一事相求,如果你答应,那么我感激不尽。"

尽管八重十分决绝地把信件塞给三郎,眼泪却不听话地滑落。

"若是世间不讲人情义理,那么我有千言万语想对你诉说,自从离别后,几多愁苦,那时遭人胁迫,我不得不隐遁自己寻得生命周全。我顾念贞洁,在鹅毛大雪的寒夜里,也曾想过一了百了。有时候想到前途未卜,恨意绵绵,也曾想投身汹涌的大河了结生命。但是我期盼能和你再次相见,想要对你诉说迄今为止的遭遇和困苦。但是现在我只想报答小姐的恩情,不管是小姐的恋情还是我的恋情,都分不清谁更多。我会守口如瓶,不会让小姐知道我们之间的事情,希望你也能够允许我报恩,我想让小姐开心起来。我决定舍弃自我,不要想一些无意义的事情。但是,但是,我还是记挂着你。"

八重抬头看着三郎,直视着他的眼睛。

三郎低头看着昔日的恋人,她那红红的脸蛋,令他忆起红叶缤纷的秋日山景,春采蘑菇秋拾落叶。那时候小小的八重还梳着蝴蝶发髻[①],而如今的她俨然成了优雅从容的都市女郎,十

---

① 日本少女爱梳的一种发髻。——译者注

分不俗，且不输给任何城里姑娘，宛若雨中的抚子花①般娇媚明艳。

不知三郎心里在想些什么，他拿过优子写的情书。

"这般唐突可能会引得你误会，但还是希望可以让人知道，不过由我这个熟人传信，你应该感到欢喜吧，把信给你我就该走了。"说罢，八重将信件塞到三郎怀里。

"你又这样？"三郎站起来。

"你能明白小姐的心吗？"此时的八重欢悦中混杂着忐忑，她悄悄窥视了一眼三郎，努力吞下打着转的泪水。

"小姐肯定会开心的，这就是我想要的，我等你的答复。"

她微微行礼随即跑到廊檐处。五月，柑橘香味熏染的屋角，不禁令人想起从前的恋人，他的袖子也是同样的味道。②不知不觉，月亮已爬上院墙，微风透过嫩竹徐徐吹来，沙沙作响，这是一个适宜等待杜鹃初啼的夜晚。目送三郎离开的不只是八重，优子从屋内微眄，不用说，她的整颗心都飞到三郎那里，她盼望着收到那将令人神清气爽的回信。

---

① 秋天七草之一，《源氏物语》中将玉环比作抚子花。——译者注
② 引用自《古今和歌集》。——译者注

五

优子等待着回信。

一天两天，满心期待着，盼望着。八重想劝慰小姐放宽心情，但是又不好意思说出口。她记挂着来信，万一得到了肯定的答复怎样，八重告诉自己没事，不过那也只是自我安慰。

"那封信到底有没有成功送到他的手中，他是不是绝情地将信退还了？抑或八重因担心没有回复而擅自处理了呢。不会不会，八重绝不会这么做，我怎能如此随意地怀疑别人呢，还是再等上一两天为宜。我一定会等到好消息，肯定不会有错，如果他真的回信了我该怎么办呢，那么，八重就是我的大恩人了。我应该促成一些喜事，虽然她比我小一岁，我也从未把她当外人，不知她有没有什么心愿呢，其实她不说我也不知道。不过要是成为别人的妻子，是不是和当姑娘不同呢，要是万事顺心的话尚好，但要是被丈夫厌烦了就惨了。不过细想来，还是先解决那封信为好。他看到了去信，还是就那么放在一旁呢，甚至甚至，这样做招致了他的反感，成为他讨厌我的原因？"

不知不觉间优子更加忧愁。

"你怎么这般无情呢，但是我绝无二心。我这样做或许是不孝吧，不管父母跟我说些什么，我也不会再去找别人当丈夫，我跟八重说过自己决心一辈子不嫁。"优子叹息道。

八重终日思索着这件事。

君心易变，虽然我很开心自己能帮小姐处理这件事，我想好好看看优子小姐的心，也想告诉三郎。但是想起那些曾经还是心生嫉妒，可是世间仍有人会为了主人舍身，报效忠义。若我能一人饮下这苦酒，就万事大吉了。小姐什么都不知道，总是"八重八重"跟我谈天说地，我不能把实情告诉她，那样我岂不是成了罪人，就这样吧，忘掉一切，让主人成为我的再生父母，这个叫杉原三郎的人，我从来就不认识，更何况我们之前从无任何约定，只不过这几天初相识，而且他还是我家小姐喜欢的人，我应该促成这段姻缘，期盼着两个人花好月圆的良辰。我此生别无所求，我将会在这里侍奉主家，照顾两位老人，而且以后还要照顾小姐的孩子。

但是，但是，我办不到，这些事情怎么都办不到，人世难居呀。我好想隐居深山老林，与林间松风为伴，但即便如此，我还是忘不了他。

八重唉声叹气，怕人询问而咽泪装欢，强颜欢笑的单酒窝看起来寂寞不已，还一心想着安慰小姐。隐沼之下根莼渐生[①]，自己却心绪繁乱，恋情为何这般痛苦。

"杉原先生好像今年二十四岁了吧，看起来要比实际年龄大一些，不知道小姐怎么想呢？"其实八重心里也很纠结，不知道怎么办才好。

一天，八重莞尔一笑，久违地开起玩笑来："小姐，有个好消息，你猜猜看。"

"我不知道。"小姐笑着。

"那么你试着猜猜呢，就是你最高兴最高兴的事情是什么呢？"

小姐佯装不知。

"八重，你今天有些古怪，你还是说出来好了。"小姐埋

[①] 引用自壬生忠岑的和歌"隐沼之下生根莼，谣言勿信候你来"。——译者注

怨道。

"哇，没想到您这么着急呀。"八重又打趣，"那边来信了，您不高兴吗？"

优子听到这句话，耳根子发热红了起来，她的心突突跳个不停，紧紧地咬住衣袖。八重从袖端取出一封书信，把信塞到小姐手里，里面有一封小短册。拆开后，两个姑娘都一头雾水。

"茂密的树叶遮盖了空中的月影，我不知如何才能看到你。"

他这封信究竟是什么意思，二美均茫然不知所措。叶影婆娑，月色幽暗，阴沉的天空孤月，这到底是何意味？这是杉原的真心实意吗？是该高兴还是该难过？无论是八重还是优子，都预料不到这样的回信。

"八重，他在说些什么呀？"优子恋恋不舍地翻阅着杉原的来信。

这和歌真是令人满腹狐疑。

六

怪哉，姐妹二人日日枯等，不曾料得三郎会寄来一封匪夷所思的和歌。在收到这令人满腹狐疑的回信之后，一日两日，日子徒然经过，而后又经过十日二十日，百般愁绪的四月过后，迎来了淅淅沥沥的梅雨时节。屋檐下的忍草绵绵疯长，池子里的水草如同人的思念，不分昼夜地伸展着、蔓延着，但见美人泪湿衣袖。

别墅清幽雅静，除去侍女八重，只有看护别墅的老夫妇二人为伴，听闻梨本大人的爱女身体抱恙，从本宅过来探视的人络绎不绝，杉原也知晓了这件事情。

"最近杉原先生很少来本宅那边了。"八重说。

"这可如何是好？我实在唐突，竟给他写了那样的书信，不知道他会多么厌恶我。他没有给我回信，真是遗憾，是不是因为这个原因所以不来我家了呢?前些日子的那封和歌究竟是什么意思?繁茂的叶子今日又浓荫幽暗,静待时节的天空之月,能够见他一面我便满心欢喜,不知这个愿望可否达成。"优子愁肠百结,满腔积郁。

"为何总是无法等到回信,他定是因为讨厌我才不来的,甚至于他也疏远了本宅。若是他真的如此厌弃我,为何当初又对我那么温柔相向。如今我都羞于面对八重,他不再理我,现在连见面都难,实在悲哀。"

小女孩儿的小情绪,情思百转,心有千千结,纷乱的思愁也同样缠绕在八重身上,亦同样叹息。

"所谓茂盛的嫩叶,应该不是我,迷惑阴暗。双方若能相爱相守,我不再有任何留恋,等到两个人琴瑟和鸣的时候,要是小姐不能与所爱之人永结同心那该如何是好,而且小姐若是知道了实情,又会做何感想呢?她仁厚慈爱,肯定不会只为了自己着想。只是小姐天性温和,左思右想,不会想不明白的。小姐是备受宠爱的独生女,很信赖我,大老爷也曾十分郑重地将小姐托付给我这种人。可是这呀那呀,还不都是因为他的事情,如今再度重逢,没有想过会是眼下这个场景,虽然想听听故乡的事情,虽然想跟他倾诉我的遭遇,可还是忘不了好好地做工。如果没有曾经的温柔,我也不会如今这般难过。"

难舍的情分无人能体会，八重在无人的时候偷偷伏在铺席上哭泣。

优子、八重两个人都是无瑕美人，被这样的女人爱慕理应高兴，可是三郎却感受不到一些高兴。梅雨时节，天色阴沉，他顿感尘世的无味倦怠。寂寞度日，朝夕之间，五月山上杜鹃啼鸣，闻声自觉悲，空恋奈愁何。

相看泪眼，主仆二人各有心事。

优子不明人间疾苦，她也未察觉八重的心底事。

"好可怜啊，你对我这么好，人却憔悴不堪。我不会忘记你的好，但是，不管你多么对我尽心，这注定是无法实现的心愿，我们还是放弃吧，而且父母也有其他的心愿，我让你们担心了。"

优子低声细语，伏在八重的身上哭泣。每次想要说些什么，八重就会拥抱着她，无言地哭泣。

"您要是果真这么想，就不会再这么受苦了，那无情的回信，现在姑且忍受忍受，往后肯定会有好消息。"八重一心想让小姐开心，"不要再说那么令人伤感的话了。"

优子高兴地握着八重的手。

"或许是前世注定的缘分，我们不是姐妹，却胜似姐妹。往后我们二人还要彼此照拂，从今往后其他的事情，不管遇到什么事我都听你的,以后我也不会再说类似的话了,原谅我吧。"小姐道歉道。

"俗话说,守得云开见月明。"

八重小声地说,沉重得仿佛再不能见到晴朗的日子,

"今天难得好天气,微雨初晴,庭树都绿油油的,日光灿烂。总是窝在家里对身体也不好。"

八重想方设法邀小姐外出走走。

"附近颇有郊野之趣,水田对面的小庙里肯定很有意趣,我们去走走可好。"

两个人亲密无间,难得结伴出行。

悠远的哀伤沁透人心,绿木缭乱茂密,吹来满袖清风,旱地里的稻苗翠绿,蛙声此起彼伏。

"青蛙在唱歌呢,真好玩。"

看到小姐终于露出了笑颜,八重也露出笑靥。

"瞧,墙根那边的萱草,好像要长到院子里去了,那是什么花啊。"

八重小跑着,一朵一朵地摘下来,一朵给自己,一朵给小姐,拼命想让小姐开心起来。

两个人不知对方心事,不久沿小路返回别墅。天将暮,夕阳中,恰是鸟儿归巢之刻。微凉月色下有一行脚僧人缓步而

来。遥遥望见僧人[1]的背影,无端感到几许清逸味道,但是看到斗笠下的脸,两个人全都吓得大惊失色。

---

[1] 杉原三郎已然出家为僧。故事到此处戛然而止,余音未绝。——译者注

玉带

上一

万物皆无常，斯世似空蝉。

伊人芳龄十九，天生丽质，只可惜，空蝉如此世[①]，锦瑟年华没于尘。名唤青柳丝子，如此清美芳名，不由得令人联想到绝佳容色。展开祖先的家谱，细细品评其身世渊源，她乃是名门望族之后。在德川幕府末期，世情纷乱的江户时代，她的祖上曾在大名身边担任要职，正是当时位列旗本[②]八万骑的青柳右京的第三代子孙。

如今世事流转，虽已不是称呼公主的年代，但是丝子的容色

[①] 空蝉：蝉蜕变之后留下的空壳。后来被佛家引申为"肉身"之意，即人除了灵魂之外其余的部分。因为蝉的生命很短暂，所以"空蝉"一词也有"人无常短暂的一生"之意。源氏物语中的空蝉是源氏成年后萍水相逢的第一个女子，也是唯一一个终生逃避源氏之爱的女子。正如空蝉的名字。淡薄脆弱，若隐若现的一袭蝉蜕。"温柔中含有刚强，好似一支细竹，看似欲折，却终于不断。"——译者注

[②] 旗本是江户幕府时期薪酬未满 1 万石的武士，作为家臣出现在将军出场的仪式上，他们为德川军的直属家臣，拥有自己的军队，即使薪酬只有 100 石的家臣，也都视为旗本。江户时代对于旗本的俗称为"旗本八万骑"。——译者注

总能依稀叫人联想到属于幕府时代的庄重风姿。她常穿一袭深红色的长衫，那是母亲生前最爱的颜色，褪色的红叫人不胜哀怜。

在上野区谷中山村有扇栅栏门，那就是丝子眼下的居所，"忍草小坡"的名字有几分悲切的余韵。春意深浓，一枝浅粉色的红梅枝丫伸出墙壁，悠悠垂下；屋檐处萱草①青青，向四下蔓延开来。到了秋日，各色小虫鸣啾啾，怡然自得地生活在这天然的花园笼中，闲者便是主人，候月临帖。秋风起兮，小虫子躲在蓑衣里哭泣②，父母均已不在人世，每月十二日，她于佛堂前上供茶水。

身世孤苦飘零，宛如花坛里的菊花，幸好有绿竹一般的义人从旁扶正保护，这人原是大名身边的一位家臣之后，名叫松野雪三③，今年三十五六岁的样子。

松野家祖祖辈辈都效忠青柳家族，到了他这一代自然也依旧在此奉公，不敢有丝毫松懈。他家同丝子的家只隔一条街的距离，多年来照顾丝子风雨无阻，当下尚未娶亲。

"我的事情有什么着急，小姐的事情才是最重要的，眼看

---

① 萱草有别名，叫忘忧草。——译者注
② 传说蓑衣虫是鬼的孩子，因为从小丑陋，被父母遗弃，妈妈走的时候用蓑衣把它包裹了起来，说"等到秋风怒号的时候，我就回来接你"，然后就偷偷跑掉了。听到秋风的声音，妈妈却再也没有回来，小虫子躲在蓑衣里哭泣。——译者注
③ 松、雪，予人忠杰之感。——译者注

小姐今年就要二十岁了，青春年华稍纵即逝，我想为小姐择一良婿。"

雪三一心侍主，别无他求，与主人比起来，世人仿佛都是轻浮浅薄之辈。

"才能俱佳，容貌学问都无可挑剔之人才能与小姐相配。放眼望去这世间到底有没有合适的人选，谁也不知道，如何才能让小姐获得一生幸福呢？"

雪三常常为小姐的事情焦头烂额，夜不能寐。就像是自己家的女儿要出嫁那般，忧心忡忡的。雪三如此热心地为丝子寻找佳缘，丝子却从不在意，婚姻之事对她而言就像天边的云彩一样虚幻缥缈，她只想静静地玩赏春花秋月，还常说出"要是我能变成蝴蝶就好了"这类孩子气的话呢。

就这样，她一个人空空度过了十九年的春天，白妙夏衫[①]，墙根卯花雪白清新[②]，此处有条玉川小河，涓涓细流潋滟着波光。在一个无风清爽的夏天，丝子踩着木屐，在刚洒完水的凉爽小院里缓缓漫步，一手拉着裙裾，一手拿着团扇驱赶蚊虫，那临水照花的姿态，可谓是闭月之美貌。忽然刮来一朵乌云，天色瞬间暗了下来，一只萤火虫随风儿游动到丝子面前。丝子

---

① 持统天皇：春方姗姗去，夏又到人间。白衣无数点，晾满香具山。——译者注
② 四月被称为卯月，四月是卯花盛开的月份。古歌里以其咏叹如月如雪之物，据说因其枝干皆中空，逐渐被称为"空木"。此处沿袭《源氏物语少女篇》。——译者注

将团扇高高举起，想要捉住它，不巧，萤火虫却轻盈盈地飞远了[1]，在她慢慢放下双臂的当儿，团扇却落在了隔壁院子里。她不知如何是好，从墙根边悄悄望过去[2]，此刻云破花影，又绽日光，倏忽间她与一人四目相对。

"这人是什么时候来的，一直藏在这里吗？竟被他看见自己狼狈的模样。"

丝子骤然间红了脸，宛如置身梦里，尔后传来清雅的男子声音："这是您的团扇吧，现在还给您，请收下。"

他隔着墙垣递来团扇，丝子羞涩地望见对面是位翩翩美少年，她小心捏住团扇的一角。

"一心想扑萤火虫来着？"

男子冷不丁的一句话，令丝子顿时陷入迷茫，迷失了自我。等回过神来，花墙上月色澄澈，影影绰绰下只有自己一个人了。

"那么，刚才那人是谁，听说邻家是位园丁师傅，他应该是别人家的吧。"

她茫然伫立，随风飘来朗朗诵读的声音，更令人平添几分思绪。丝子本将这世间当作空虚之物，桃李芳华之年岁里从不愿意涂脂抹粉，更不屑于整饬一些绫罗绸缎，她无心留恋于浮

---

[1] 此处根据《源氏物语帚木篇》，源氏与空蝉的相遇。——译者注
[2] 平安王朝的物语中多有墙根间窥望的趣事。——译者注

华表象。

"这可如何是好，我还想再见到他。"

"如果……"她拉起袖子一角。

"谁啊，啊，是松野吗？你来这为何事，不是，你看这都几点了。"

丝子的话语语无伦次。

上二

青松倒影映在圆圆的小窗上。多少个夜晚，他朗读诗歌直到夜色深深，丝子的心也随之进入了幽冥之境。但是她始终未能打开心扉。

"想要知道邻居那人的身世。"这样的心怎能对人倾诉，"不过，他肯定不是园丁的儿子，好像听说他是来此小住，可也不像是外人，真是奇怪啊。"

丝子在心里琢磨着那个人的来历。

有时在院子里散步偷偷隔着墙垣探望，曾好几次想过回头看看。

"但是这样做太失礼了，我对这个人一无所知，也不知道人家是怎么想的，我就这样恋慕着人家，连自己都觉得太过肤浅，在无常的世界上想要依靠一个无常的人，身为女人真是悲哀。"她想断绝情念。

"松野一片赤诚之心,他总事事替我着想,多年以来操劳辛苦,要是他知道了我的想法,怎么了,这了无痕迹的恋情,只不过是单相思,真叫人羞愧,我怀揣着这样的念想。前几天每次松野过来问候,我都是一副不耐烦的样子,我也不怎么同他讲话,不管问到什么想到什么,他真是可怜极了。天马上就要黑了,就要响起那熟悉的脚步声了,天黑了,我的心也暗下来了。"

她在墙角附近驻足,径直向前走了两三步,洒水①的声音清凉凉的。

"昨天还宁静如水的我,到底为何这般心神不定。为了我,庭院风景四季不同,风雅的住所起居自由,屋檐下的风铃清脆,忍草滴露清凉,所有的一切都趣味盎然,可我为何受苦,悲哀拢至胸前,如此心痛的我真像个傻瓜。"丝子一个人苦笑,在绿竹下面休息。

夕风凉凉吹透衣袖,天空中飘过两三只蝙蝠的黑影,渐渐地不知所踪,小门静静地没有任何声音。

丝子对厨房的人讲:"小玉,雪三可能一会要来,点上灯吧。"

---

① 为了不起灰尘或降暑,往院子、道路上洒水。——译者注

她一边下达命令，一边端量着大门的动静。在夜色中，丝子向前伸出雪白的双臂，做出孩子找妈妈那样的憨态。由于客厅离小院有一段距离，松野步伐从容地慢慢走近，到竹林下弯身作揖，丝子受礼莞尔一笑，随即腾开一半的花席子，手执一柄团扇，悠悠晃动着。

"在下惶恐。"松野举手作揖。

"最近得知您心情欠佳，现在已经恢复了吗，听说人大了就容易生病，平常读书务必要注意身体。"

松野对自己的恋情一无所知，面对如此肺腑之言，丝子备感惭愧，便答道："没有的事，我的病早就好了，让你担心了。"

丝子也不知为何竟然说了抱歉之语。

"您尽管吩咐，主仆之间谈何费心记挂，您要是有什么三长两短，那可就是小人的罪过了，这叫在下有何颜面面对您的双亲，如何跟我死去的父母交代，哪怕就是拼了性命，我也要为您尽忠效力，雪三有什么不对，请您莫要介意挂怀。"

雪三似有愠色。

丝子不曾想他竟然这般惦念自己，"可近来，我对他的态度总是冷淡淡的，我被烦闷的愁绪压迫着，懒得跟他讲话，还常托辞生病什么的不见他。"

她微微颤抖着："要是我拗脾气，雪三一定要体谅我呀，我对你也是一心一意，没有丝毫隐瞒。虽说你的父辈曾担任我青柳家的家臣，所以眼下照拂于我，可是我青柳丝子并无恩于你，何德何能劳你多年无微不至的关照。只是，近些日子我身子不太舒服，其实也算不上什么大事，只是心情稍有些苦闷，总感觉空落落的。竟无意说出让你费心了这样的话，你要是心里不舒服的话我不会再说第二次了。如若被你厌弃，我还如何在这世间立足？"

松野早已眼泪汪汪。他磨蹭着膝盖，退身低头说：

"在下明白，在下无言以对。我明白您心里的不安，像我这种人的心事，您肯定无法体会。每回想起往事就会心痛不已，即使我没有能护你一生周全的能力，但是这颗赤诚之心绝不比任何人差。在此，雪三希望您能好好考虑考虑，在这世间寻得一良婿，荣华傍身。雪三此生的心愿就是小姐可以有一个美好的未来。"

雪三言辞恳切。丝子久久地盯着雪三的脸，而后若无其事地回过头。

"我从未奢求过什么荣华富贵，遑论结婚嫁娶之事了，我并不渴求那种俗世的幸福，只愿此生不被你抛弃，不被你厌弃，便是我最大的幸福了。"

丝子嫣然一笑。

松野磨蹭着膝盖往前凑了凑。

"在下万万没想到，小姐如此器重雪三，或者这难道是您一时的戏言？我想听您的真心话。"

见雪三如此穷追不舍，丝子扑哧一笑，轻轻地把手放在雪三的膝上。

"你怎么能这么问我呢，怎么会是戏言？我无父无母也无兄长，当然是想让你好好待我了。"

丝子无心地说。

"在下明白。"雪三颤抖着说。

中一

刚洗过的乌发垂在丝子肩头,随后又简单地绾成光洁的西式发髻,其上并无蔷薇花等珠翠装饰。沐浴后一件淡色单衣裹身,露出优美的富士额①头,素颜素服,恍若倾城。秋日荻花风瑟瑟,轻罗小扇扑流萤,有君子兮,见之不忘。

骏和台②红梅町,连名字都仿若熏染着梅花香气,读起来口齿生香。此位公子家中乃是明治时期的功臣,并被尊称为竹村子爵,这名姓似含有千军万马的气势。他家的二公子竹村绿,是位德才兼备的美少年。

"今年夏天为避暑,犹豫去伊香保还是去矶部③,不过我不

---

① 美丽额头的代表。——译者注
② 日本地名。——译者注
③ 伊香保和矶部都是有名的温泉疗养胜地。——译者注

想去人多的地方，只想寻得一个风物清幽的去处，乘坐牛车[①]，悠悠徐行的中川旅馆最好不过[②]，可有离家近又安静的地方？"

常出入竹村家的园丁师傅说："我们在谷中有间茅舍，虽说没有山清水秀般风雅，但是在滚滚红尘的闹市中，也算是一处清凉的所在，您要是移步小屋，可赏山坡上忍草丛生，绿树茵茵，可于清晨穿睡衣漫步踏青。且附近有处著名的萤火虫小森[③]，离天王寺也不远，蚊子虽然不少，不过也有风吹不要紧，您想想愿不愿意来。"师傅毫不客气地邀请道。

"那敢情好。"

从入夏开始，竹村绿便暂住此处，很快便消磨了三个月时光。如今归宅，那有关小园的记忆仍似发生在昨天，邻家那朵迟开的卯花，闹市中罕见的围墙白雪，不禁生发凉爽雅幽之情怀。花月共赏，含羞离去的美丽脖颈，归还她团扇的惊愕，笑起来的嘴角，等等，命运的邂逅不停地在竹村绿的眼前浮现，不知不觉想入非非。

"那是何人的住宅？那位小姐品位高雅，应该不是普通人家的姑娘，那是主家的妻子还是女儿呢？我连这些都没有搞清楚，真是的，当时住在隔壁，要是过去问问就能知晓，但是事

---

① 引自《源氏物语》，光源氏乘坐牛车溜进纪伊守的宅邸。——译者注
② 《源氏物语》中光源氏曾乘坐牛车前往纪伊守的温泉。——译者注
③ 江户时代著名的农村地区。——译者注

到如今再过去询问，恐怕。"

竹村绿虽天性聪慧，可面对情感，此时也陷入迷茫，如堕五里雾中，思来想去拿不定主意。母亲大人慈爱无双，某日他终于对母亲坦明心怀。

"这样说来，若是她已经许亲，你就只能放弃了，不过这人间轻浮之人也不少，你还记得吗？那是父亲很早以来的旧相识，他家千挑万选，门第家世都是百里挑一，可却是不洁之身。不过为了你的愿望，我一定要去打听打听那姑娘的来历。是非曲直难以衡量，眼睛里也难以分辨黑白，还是要为母亲自评判。"母亲大人十分冷静地断言。

竹村母亲起初有些惊讶，也有些不知所措，不过她对此事相当上心，不知能否探寻到什么消息，要是能弄清原委是最好不过了。

"母亲，万事就拜托你了。"

母亲爱子心切，某个日暮参拜回家的路上，她坐车来到园丁师傅家，进屋前挑选了几个盆栽，并不停地夸赞园子的精致秀丽。她漫无目的地打量着周围，又望望隔壁的墙垣，那院落宽广家宅大，萱草掩映着屋檐，大树浓荫蔽日，滴滴如翠夺人眼目，别有宁静清幽的情趣。

竹村夫人于院中凉亭边饮茶边说道："此处如此闲静，让人好生羡慕，不知邻家是何许人也？好像只得见松树蓊蓊郁郁，莫不是一处别墅？挺稀奇的。"竹村夫人笑着问道。

"不是不是，这不是别墅，这是人家的本宅。"

园丁师傅答道。接下来就谈到了丝子。

"稀奇的哪里只是松树啊，还有个美艳无双的主人呢。"园丁说，母亲想着果然如此，更加装作一无所知。

"主人是妇人家吗？这是不是某位大官的遗孀？还是说小妾，给她单独购置的宅院？"夫人问道。

"不是不是，并非如此，说起来那位小姐还是三千石的后代呢。"

园丁道。

"那这么说，也算是名门之秀了，没有双亲吗？姑娘一个人独居有些可怜啊。"

夫人很快又对丝子产生了恻隐之心，这老师傅也是能言善辩，他故意清了清嗓子，随即打开了话匣子。

"她的祖父原是将军的，活到现在也能位列诸侯吧，可不幸短命早亡，家族瞬间便没落了，现在也不是贵族了。"老师傅舔舔嘴唇又急着往下说，"这位小姐如今的生活，就像迅速消灭的火苗一样，好像现在住的宅院还是贷款买的呢，这也就是小姐的唯一的财产了。"

"老先生为何知道得如此详细？"母亲问道。

"哪里哪里，抬举老朽了，去年病亡的小姐的奶妈，经常过来走动，这都是她告诉我的。丝子小姐今年已有十九岁，但看起来还是十六七的样子，不过话说回来，那个松野大人可是非常显老哇。"

老先生表面上一副了如指掌的神情。

"那位松野先生是小姐的什么人？"母亲问道。

"原来如此原来如此，您肯定不知道。"

老师傅讲起了松野的事情，不觉天色已黑。秋日天短，竹村夫人心中已对丝子主仆二人了如指掌。

中二

心是会变的。

雪三回顾自己往昔的心境,那时他对丝子的心是绝对清白无垢的,不愧于自己"雪"的名字。他一心为主人尽忠,无暇顾及其他,直到现在都是孑然一身。"天下可靠之人,一个是松野,第二个也是松野呀,我对小姐心无芥蒂毫无隔阂,她对我时而撒娇时而闹闹小脾气,我们二人是如此和睦相爱。"缠绵之念头浮现,这颗跳跃的心便无法停止,情爱的葛藤缠系纷杂,越是想让念头纯洁头脑就越是混乱。

月影在何处,朦朦胧胧沉在池底,恍若梦境之感。雨后春山下,梨花带雨[①]的容颜越发娇艳明媚。

---

① 语出白居易"梨花一枝春带雨"。——译者注

"十五月色分外明朗,我独值禁中,寂寞难耐,对着月色在想念你,而不知你是不是也在想我。"①

他的脑海中都是丝子的容颜。雪三一片赤诚衷心,只是每次审视自己的心境,都会因为羞愧而汗流浃背,后悔之念刺痛着他的心房。

"这难道是魔鬼吗?我怎么可以有这种想法?正是因为我没有歪心思,二老才把那么年幼的小姐托付于我,他们才得以瞑目。我这样做有何面目去面对泉下二老?他们的牌位就在眼前。罢了罢了,我还是尽心为小姐择选夫婿吧,不管是今天的主君还是未来的主君,我都要尽忠尽责。只不过,如今世间总难觅得真情,谁人能获得信任呢?我愿意成为主君的依靠,我理应守护她的一生,哎,越想越不知所措,要是我们不是主从关系,我没有松野雪三这个身份,那么我便可以牵着青柳丝子的双手,名正言顺地成为守护她一生的人,但是,这是不可能的,这不是爱而是伤害,要是还能回到相安无事的往昔,那该有多好。"

他想彻底放弃念头,让心归于平静,有一段时间没有来青柳家。

每当丝子开心地迎接他,跟他温柔对话的时候,他便想:

---

① 化用白居易在《八月十五日夜禁中独直,对月忆元九》中写给好友元稹的诗句。——译者注

"要是背离了当初的道就背离了吧,世人耻笑就耻笑吧,为了你不要名誉,不惜放弃名节,明天我就去向你告白。"

刚耿忠厚之人的恋爱尤为痛苦,这些日子的想法似要烧起来,焦灼得他实在难受。丝子就像春天的柳丝,依依轻柔着,那纯真无心的笑容惹人无限怜爱。

"雪三,我听说菊坞①的秋草初染,现在正是繁茂锦簇,还不快带我去看看啊。"

雪三一刻不敢怠慢:"只要您时间合适,我随时奉陪。"

秋雨绵绵之朝,丝子突然想起昨日的约定,如往常般未施粉黛,草草修正了仪容,在家等候着松野。而后,看到玄关处有一双陌生人的木屐,"有客人来了?真稀奇呀。"她折返回去。

"今日到贵府来访,可不能叫在下无功而返啊。"

丝子自庭院迂回,慢慢踏上廊檐,听到客厅里传来的谈话声。她静静地立在隔壁,不经意间听着二人的对话,也不知客人是谁,一直念叨着青柳呀,还有丝子呀,自己的名字不停交织着。

"不知您前往寒舍,有何贵干?有话跟我说就可以。"她靠近小房间仔细听着,虽说断断续续听得不甚明了,不过也理清

---

① 位于墨田区向岛的百花园。有文人墨客种植梅花三百六十余株。是隅田川七福神的发祥地。——译者注

了大致内容。

不知是否担心隔墙有耳，声音很低。面向松野而坐的是竹村子爵家的某位差使，应该是奉命前来商谈丝子的婚事。那时传来雪三斩钉截铁的声音。

"承蒙贵府厚爱，丝子小姐，至今还未有嫁娶之意，她从未有这个意思。希望您归宅向主家禀明实情。"雪三放话道。

"啊？丝子小姐是担心身份地位不相符合吗？"

"那么劳您费心了，合不合适，这是小姐说了算，我想听听丝子小姐的意见，如果她没有回答的话我很难回去交差，希望可以见小姐一面。"差使回话。

"您要是这么说没有用，我跟你说的都是实话，丝子小姐早就有心上人了，正因如此我才回绝的。"

雪三微微一笑，差使也稍稍近身。

"从开始我就知道，不知小姐同谁定下姻亲，不知可否告于在下。"

差使看着雪三的脸，丝子在隔壁房间也走近一些，她没想到听到了这么多怪异的话。

松野此时一反常态高高的声音说："无可奉告，您归宅后对主君说，希望您也告诉绿先生，丝子订婚的丈夫，不是别人，正是在下，松野雪三。"

下

一个人投入的爱恋越多，另一个人的爱情也就越少，这是谎言，竹村绿同雪三相比，好比是鲜花同红叶，不知该选择哪一个。尽管松野对我一番深情厚谊，但只要想到竹村家公子玉树临风，情思缱绻。我对他的那番真情也同样不胜感激，可是我这样是不是太过水性杨花，但是我情感脆弱真的不知如何是好。

松野今天所言，不仅让我大吃一惊，想必也让竹村家的信使大吃一惊，他回去后定会对主人一一禀报，真是丢脸，他们一定会认为我是不知检点的女人吧。

"难怪两个人如此和睦亲密，原来主从二人只是名号罢了。"

他一定会这么想的，任谁都会这么想吧。这怪谁呢，还不是因为雪三，这是他故意使坏，而且信使回去之后，直到现在我都无法忘记雪三说的那些话。

"我喜欢的是竹村先生，我深深爱慕着竹村先生，而且我现在十分憎恶雪三。你以前说的话都是谎言罢了，还说什么舍弃自身只为我的幸福。"

我的心狂跳不止，虽然今天才说出口，但其实早应该看穿他的念头。

雪三沉思：我自知自己容貌外在逊色几分，或许这就是小姐不愿与我亲近的理由。不过大丈夫自当堂堂正正，没有亲耳听到的话我不予置评。与其临渊羡鱼，不若……
雪三内心深处宛若刮起狂风，春心乱颤，已是无所畏惧。

正因为有了爱恋来磨炼忠义，堂堂六尺男儿身颤抖着，哭泣着，想起来就让我羞愧不已。
自从六岁那年父母去世以来，这些年我能平安顺遂多亏了谁？年幼的心还不够圆熟谨慎，故而撬动了铁石心肠，不应该责怪松野，作怪的是我的心。如今我抛弃松野，移情于竹村，若是将竹村作为此生依靠，雪三定会发狂。他一心求得我此生的安宁幸福，可能会因此沦为世人的笑柄。但尽管如此，尽管如此，无论松野将会多么难过，我也要向竹村君证明我的清白，不管怎样。

天空中月影皎洁，丝子双手撑在小轩窗上，若有所思，风中呜咽的荻花似友人。

　　我在暗处吗？真是悲哀。

放眼望去，花园被月色披上了一层锦绣，白玉般的露珠嗖嗖摇动。

　　这世上所思之人会消失，我无依无靠，不管到哪里都是困难重重，我厌烦了尘世，这也不是今天才有的念头，早已有之，无须慨叹。

丝子嫣然一笑，静静地取出纸砚信笺，饱蘸笔墨，从容留下几行娟秀婉丽的小字。

自　焚

一

窗外更深霜重，寒风自门缝中吹至枕畔，纸门嘎吱作响，声音凄凉。老爷今晚又不在家，在卧室的时钟敲打十二下之前，太太无论如何无法进入梦乡，她辗转反侧，想着莫不是肝气又发作了吧。

她不由得细数起尘世的种种心酸，想到去年的这个时候，老爷时常出入红叶馆[1]，尽管他守口如瓶，但有次从他的衣袖中发现了一个绣着花边儿的手帕，太太气得大发雷霆，狠狠地把老爷数落一番。还记得老爷出门时不停地低头赔罪："我以后再也不去了，哪怕泽木先生不再把'卫'念作'伊'的那天[2]，我也不会再去的，原谅我吧。"

---

[1] 高级餐厅，里面有很多容貌姣好的女招待，是达官贵人常去之地。——译者注
[2] 这种发音一般是日本东北地区出身的人。——译者注

看到丈夫真心悔悟,太太痛快极了,积郁已久的愤懑瞬间解放,她的确高兴了一段时日。

"但是,那种似曾相识的感觉又来了,他最近又开始夜不归宿,俱乐部①的同事和水耀会②的会员们多是一些耽于逸乐之徒,所谓近朱者赤,近墨者黑,老爷能不学坏吗?花匠师傅也常这样告诫我们,这话的确在理,从前的老爷根本不擅长花言巧语,每天回家后都会主动向我汇报一天的行踪,'今天又捧了哪里的艺人,大家喝酒助兴,看见了什么样的稀罕舞蹈。'把我逗得前仰后合。可是最近他好像学坏了,变得巧舌如簧,他那样子有些讨厌,像我这样不懂人情世故的妇人,自然被他制得服服帖帖,毫无办法。今夜又去哪里鬼混了,明天回来后又会撒什么谎,傍晚往俱乐部打过一次电话,那会他还答应我三点回家。现在呢,莫不是又躺在什么芳原③紫式部的温柔乡中了吧。他答应同妓楼女子断绝来往这话已有五年之久,其实也不能只怪老爷一个人,寒暑节气,那个女人都会遣人送来合时的礼物,她很会为人处世,左右逢源。所以老爷是不是忍不住想见她的心情,二人又重归于好了呢?那些游女真是可恶。"

太太思考得越来越多,终于彻底失眠了。于是她拿起一件

---

① 当时政治家流行组建团体。——译者注
② 这是老爷所属的政治团体名称。——译者注
③ 吉原游郭的游女。——译者注

丝绸睡衣裹在身上，在郡内蒲团①上坐了起来。

八叠大小的房间内摆放着一张六扇折屏风，煎茶的用具和桐木套子火盆紧挨着枕头，紫檀家具上堆放着烟灰缸、罗宇烟杆②等物件，寝具棉被都颇有艳冶之气雾。枕头垂着鲜红色的流苏穗子，屋内一切陈设无不显示出女主人华丽的品位，熏有名贵香料兰奢待③的卧房里，灯笼摇曳着忽明忽暗的光。

太太拉近火盆，想看看火的大小。晚上临睡前小丫鬟埋下的樱炭④有一半早已变为寒灰，余下一些没点燃的炭火便直接埋起来任其冷却掉了。她拿起烟管吸上一口，凝神静听外面的动静。

有猫咪沿着屋檐爬过，屋顶传来了小公猫的叫春声⑤，太太心想："那应该是小玉吧，这大冷天里沿着墙根跑哇跑的，怕又像上回那样着了寒风，过会儿该咻咻地喘气吧。呵，也真是个小色猫。"

她放下烟管起身，点好雪洞灯，随意地披起一件常穿的八丈绸外褂⑥，系上一根浅黄色的绸腰带，万般娇媚旖旎。

---

① 山梨县出产的绢织品。——译者注
② 一种红色烟杆，被称为罗宇。游女爱用。——译者注
③ 兰奢待号称天下第一名香，被视为日本的国宝。——译者注
④ 千叶县佐仓地区出产的上乘木炭。——译者注
⑤ 在近松门左卫门的《大经师昔历》里，有一段母猫「にゃんにゃん」叫唤，勾引公猫的桥段。然后，这个细节很快就被无数的江户时代黄书作家借鉴和套用，什么尼姑偷情、太太私通的时候都学起了猫叫。——译者注
⑥ 八丈岛特产。——译者注

地板踏上去冰凉凉的，她拖着长长的裙裾，从太平门探出头，"小玉，小玉"喊了两声。小玉正在闹猫，也分辨不出主人的呼唤，小猫径自发出十分魅惑的声音，一下子跑到屋顶上去了。

"这个小东西，不管你了。"

太太牢骚了几句，无意中瞧了瞧院子，外面一片漆黑，伸手不见五指，墙角边飘来的山茶花香悠悠扑鼻，不远处，书生的房间缝里闪着忽明忽暗的光。

"那个，千叶还没有睡吗。"

她锁好太平门又折回卧房，从点心厨里拿出几块饼干倒在纸上包好，再次单手提着雪洞灯回到廊檐上。廊下昏暗暗的有些可怕，天花板上传来老鼠奔跑的声音，怕是有黄鼠狼，过会儿还发出了"吱吱"的惨叫。微弱的灯光摇摇晃晃，不过想到这是自己熟悉的家，平时走惯的路，太太不觉害怕。在侍女们酣然入梦之时，太太来到了书生的房间。

"你还没有就寝啊。"

她隔着纸门打了声招呼，便直接走进屋内，这可吓到正在凝神读书的男子，他一脸茫然。太太站在那里看见他那痴痴的模样，不禁笑出了声。

二

未上漆的白木桌子上铺着一块厚棉布，好像是从劝业场买回来的笔筒里杂乱放着小楷用笔、松鼠毛笔、钢笔、小刀、掉了头的龟形水盂、红墨水瓶等物件，甚至连牙刷也占据着桌子的一席之地。

到现在还读着洋书的男子，最多不超过二十三岁，圆圆的脑袋，五五分的发型，脸型不长，棱角柔和，浓眉黑目，容颜俊朗却透出浓浓乡下人气息。他穿着一件细条纹的书生棉衣，系着白布腰带，膝盖下垫着青色的毛毯，两手抱着头，身体往前倾着。

夫人轻轻地把饼干放在书桌上，开口道："你呀，夜深了，要是熬夜也要注意保暖啊，你看，这水冰冰凉的，这炭火弱得跟萤火虫似的，你不冷吗？虽说有些冒昧，我来帮你弄吧，来，把炭盆给我。"

书生不胜惶恐地回答道："我太不成体统了，真是抱歉。"

太太好似不喜欢书生这么客气的样子，就像往盘子里装核桃般熟练，她把炭火一颗颗扔到火盆里，嘴里嘟囔着："我喜欢干这个呢。"

她十分郑重地夹起那微弱的犹如萤火的火炭，放在已经堆积好的炭堆上，又顺手拿起一封报纸对折三四次后，从一旁轻轻呼扇着，于是乎，炭火迅速燃烧起来，声音噼噼啪啪，青色的火苗热烈地燃烧着，火盆慢慢热了起来。

太太好像是想在书生面前出出风头似的，心满意足地把火盆推到千叶身旁："千叶快点烤烤火，今晚格外冷啊。"

她的双手搭在藤蔓编织的火盆套子边上，手指上亮闪闪的戒指十分惹眼。

书生千叶更加诚惶诚恐。来回重复着几句话："真的太麻烦您了，谢谢。"

他低着头。想起从前在老家的时候，姐姐就像母亲那样疼惜自己，他不由得怀恋起曾经的美好。

"夫人是千金闺秀，跟乡下妇人沾不上边，但曾几何时，我在中学考试前通宵苦读的时候，姐姐就说过类似的话，也是这样相同的情景，也说让我暖和暖和，而且还给我做了烫荞麦面糕，还叫我趁热吃下。多么令人怀念的往昔呀。"

他由衷地感谢太太的好意，又联想起平日里太太对自己的种种照顾，更加毕恭毕敬起来。

太太见他拼命缩着肩膀，以为他是因为太冷了，便说道："你没有外套吗？我叫裁缝抓紧给你做一件，这大冷天光穿一件单棉衣怎么受得了，要是感冒了就不好了，一定要保重身体啊。你知道吗？之前这还住过一个叫原田的学生，就跟你一样刻苦用功，从不舍得出去玩耍，像是听落语①啊这种娱乐活动更是一次都没有过，他就像个书虫一样整日趴在书桌上学习。这呀，真是不能说是令人敬佩了，简直是令人发指了。他一直努力用功，本来可以获得特别资格的毕业准许，可惜，却在关键时候生了脑病，我把他母亲从老家叫过来，在这里照顾了他两个月之久，可最后还是什么都不记得了。哎，想起来就可怜，他最后是发狂死去了。我因为看过这种类似的事情，所以有些担心非常爱学习的人，虽然懒惰是不好的，不过你也要劳逸结合，不要生出病来才好。尤其你还是家中的独子，听说你也没有父母和兄弟姐妹？你是千叶家的顶梁柱，要是你有个三长两短，不就不能替你们祖上光宗耀祖了吗？"

太太忍不住顾影自怜，也想起了自己的身世，产生了一种"同是天涯沦落人"的情愫。

---

① 落语：日本传统曲艺形式之一，表演形式和内容与中国的传统单口相声相似。——编者注

"是的是的。"千叶除了这几句，再也吐不出其他话。

这时太太起身："真是打扰了，你最好还是早些休息吧，我也回去了，我回卧房后马上就睡觉的，所以冻着些不碍事。你的房间这么冷，穿上这件外套吧，莫要推辞，要听姐姐的话啊。"

太太利落地脱下外套，从背后给千叶披上。顿时袭来一股浓郁的麝香味道，衣服还残存着温热的体温，千叶不知所措，垂着头一言不发。

"哟，还挺合适的。"

太太含笑媚语，提起雪洞灯走出房间。蜡烛不知不觉只剩下三分之一了，寒风将房檐旁的大树刮得嗖嗖作响。

三

好像是烧落叶的烟火，每天清晨都会有一股青烟袅袅掠过冬季枯萎的树木，一直飘到背巷的店铺里面去。人们仰头看到这阵寒烟，便议论道："金村家的夫人睡醒啦。"这已成为人尽皆知的调侃。

其实习惯挺可怕的，清晨如果没有沐浴，那么太太根本没有气力吃早饭，如果有一天怠慢了，那么整日都会无精打采的，就像有件什么大事没有完成似的。在外人听来这就是享乐奢靡的嗜好，不过太太也很不喜欢自己这个样子。可习惯成自然，于是乎，下人不用等主人吩咐，便自觉地砍柴烧水，侍女每天清晨来到太太床前汇报："洗澡水烧好了。"

这样一来，太太又只好继续享受下去，多年来这个习惯一直不曾改变。她在小布袋里装上瓜瓤和米糠，泡在浴桶里用其仔细地擦拭身体，沐浴后再涂上一层白菊牌脂粉，脂粉也是习惯，不涂不成了。

怎么说太太今年也有二十六岁了，半老徐娘犹尚多情，不过她生得花容月貌加上后天精于打扮，看来要比实际年纪年轻五岁。梳头丫头阿留常说是那是因为膝下无子的缘故。不过说实在的，要是有个孩子，太太也许会稳重一些。

太太到现在还有一颗少女心，虽说启开镶着金牙①的朱唇使唤丫鬟的样子煞有介事，不过转眼又央求老爷陪她到十轩店铺里买洋娃娃，怎么看都不像为人妻子的样子。

有一次她裹着高祖头巾，围着披肩，和丈夫一同去参拜川崎大师平间寺②，车站等车的人们纷纷侧目道："那一准是新桥或者某某花街的窑姐。"

太太听到这些碎语，反而因自己不像正经夫人而沾沾自喜，还就此效仿起了艺伎窑姐们的装扮，也许她变成这样，有一部分是模样俊俏的功劳吧。

眉毛眼睛，牙齿整齐等容貌特点都和她的母亲一模一样，而且简直就是母亲的翻版。这位太太的父亲是"赤鬼与四郎"，十年之前还威风凛凛地吸着人血，不过五十不到就因脑出血去

---

① 一种显示自己富有的孩子气的装扮。——译者注
② 平间寺位于神奈川县川崎市，是真言宗智山派的大本山，山号金刚山，院号为金乘院，但其通称川崎大师较为世人熟知。——译者注

世了，葬礼相当隆重，但街道上的看客们狠狠地臭骂了他一通，看来他的来世的确令人担忧啊。

这个与四郎最开始在大藏省就职，月薪八元，穿着一身磨得光光的洋服，打着洋缎子伞，哪怕下大雨也从不舍得叫人力车回家。后来不知他哪根筋搭错了，一气之下扔掉帽子鞋子，在金川桥附近开了一间昼夜营业的荞麦面店，颇有破釜沉舟的气魄。凡是知道这件事的人，无不震惊得目瞪口呆，或者便出口不逊："看那家伙，跟野猪似的蛮干，将来一定会赔个底朝天。"

至于他为何突然改行呢，原来事出有因。说来鲜花插在牛粪上，这个与四郎有过一段心酸的恋情。他有一个青梅竹马的恋人——美尾，十七岁的美人艳丽无比，身材曼妙，后来两个人顺利结为夫妻。与四郎对她百依百顺，每天下班回家的路上，都会买好两个人的饭菜。人们常在背后讥笑："真是黏糊啊。"

听着傍晚鸟儿归巢的声音，他心里想着："鸟儿的老婆也在等着它回家吧。"边想边提着饭菜匆匆往家赶去。早起出门前他务必把水缸灌满，只为了不让娇妻受累。如果妻子提出该做午饭了，他便乖乖地从米桶里倒出大米。他对美尾视若珍宝，二人过着神仙眷侣般的小日子。

可是，好景不长。五年后，春月梅花绽放的时节，与四郎午后和几个同事一同前往葛饰附近的梅屋赏花，回来的时候在广小路附近的小吃店吃酒，不胜酒力的他喝过几杯之后，叫餐馆的伙计给打包了一份菜肴，在朋友们冷嘲热讽中把饭菜带走了。

回家后，与四郎发现家里没人，没有锁门也没点灯火，火盆里都是烧后的白色余烬，炭灰①呼呼地旋转着，炭火外面一片狼藉。二月，夜里的冷风从窗户死命吹进来，叫人难以忍受。这究竟是怎么回事，与四郎点上油灯呆呆地琢磨着。这时邻居家小学老师的妻子听见了动静，着急忙慌地赶了过来。

"你回来了呀，你太太刚刚，好像是三点那会吧，有辆特别漂亮的马车把她接回娘家了，她拜托我照顾一下，就走了，火不够了我给你拿点，水开了。"邻居家的人很是热心。

但是与四郎心里疑虑重重，很想继续问下去，美尾怎么回事，去干什么了，但又担心别人笑话他小气。于是口气淡淡地说："麻烦你了，我回来了，你不用担心啦。回去好好歇息吧。"

与四郎佯装洒脱地跟隔壁寒暄过后，独自寂寞地在灯下吸着烟，看着那特意打包回来的食物，不免涌上一腔怒气，他将食盒摔在厨房里，心想："妈的，给老鼠吃吧。"

---

① 《枕草子》"到了晌午，寒气渐消，火盆的炭火变成了白灰，也着实叫人有些扫兴呢。"——译者注

夜里躺在床上，与四郎心烦意乱："就算是有什么天大的要紧事，也不应该在丈夫不在的时候私自外出啊，而且家里面什么都不管不顾，这是为人妻子应该做的吗。"种种想法搅和得他不得安宁，气得肺都要炸了。

第二天是星期天，可以睡个懒觉。他像个大虫子般死赖在床上，格子门上着锁，听到有人叩门也不起身，一整天百无聊赖地等着美尾。下午四点钟，他听见有辆车停在门口，接着响起温柔的木屐声音，这肯定是美尾回家了，他继续躺在床上装作熟睡的模样。

美尾拉了拉格子门，喃喃道："这怎么了，怎么还锁着门呀。"她自言自语，沿着邻居家的松树篱笆，穿过小路从厨房进屋了。

"昨天谷中那边的老妈突然生病了，好像是肝气，说是一阵一阵的心绞痛，大家都以为快不行了呢。过后有医生过去又打针又干啥的，结果平安无事，今天又能一个人活动了。昨天回娘家的时候，着急忙慌的什么也没顾得上，后来才想起来忘了锁门，也没有合上挡雨板，我想你肯定非常生气，但是又不能把老妈扔在那里不管，这不就耽搁到现在了，好啦。我错了，给你赔不是，原谅我好吗，快跟平时一样，笑笑。别生气啦。"

与四郎听美尾一通解释，惊魂甫定。但还是佯怒说："这样的话也该通知我一声啊,哪怕寄个明信片①回来,你真是个小傻瓜。"接着又说,"我还以为岳母一向身体康健呢,这是第一次闹肝气吗?"于是,两个人依旧你侬我侬。

与四郎不知道妻子的秘密。

---

① 当时东京市内明信片可以当日配送。——译者注

四

若尘世间没有镜子,人就无法得知自己是美是丑,杨贵妃,小野小町这些绝色美人也都能安分守己,乖乖地待在长屋①里围着锅炉安然度日。只因美色加持和溢美之词,那个本来心静如水的美女也开始春心萌动,把昨天还蓬松凌乱的头发梳成娇媚的发髻,拿起镜子细细端详,又发现眉毛不够齐整,便从邻居家借来剃刀修眉。如此梳妆打扮就是想更引人注目,因此贴身衬衣也想要全新的,看见原来的短褂旧衣就莫名觉得落寞不已。与四郎的妻子美尾渐渐变得浮夸起来,只因别人过分赞许她的美貌。

虽不是什么千金之躯,但美尾曾经和丈夫也是真心相爱,

---

① 一栋房子隔成几户合住的简陋住房,大杂院。——译者注

六叠、四叠大小的两个房间，对她而言就像金楼玉阁；丈夫在四条胡同的药王庙①里买的银戒指，她也珍惜地戴在手上；还有，那把马蹄制②的篦子也如玳瑁篦子般被美尾珍爱地收藏着。

几乎每个见到美尾的人都忍不住夸奖一番，但其中也有一些好事之徒，半开玩笑地品评着别人的老婆："简直是暴殄天物，这么一个大美人怎么甘心淹没在小胡同里呀，要是送到花街里去，准能当上花魁。"这些人说大话不用交税。有时她提着食盒到大街上买豆腐，过路的小年轻们不住地回头张望，"多可惜，大美女却穿得那么寒酸。"随即哄然大笑。

美尾穿着半旧的棉铭仙衣裳，绑着褪色的紫色窄腰带，其实这身打扮对于月薪八元的小职员妻子来说，已经足够体面了。可美尾年轻的心感到非常不甘，提着一篮渗出新鲜汁水的豆腐，悄然落下悲伤的泪水。

去年，春雨初晴，百花盛放，一个难得的赏花好天。暖日熏风里，他们小两口儿也双双出门，从上野到墨田川相携看花游玩，而且临行前好好打扮一番，丈夫穿上一件印有家徽的黑绸外褂，妻子系着自己唯一一根博多腰带，脚上踩着昨天撒娇得来的高齿木屐，虽然木屐用的是假冒的南部席子，但今天的美尾感到无与伦比的开心。

---

① 药师琉璃光如来。——译者注
② 玳瑁的代替品。——译者注

春天四月里，东叡山樱花烂漫，宛若缭绕的云霞。不过今天已经是十七日，说不定明天这满树的樱花便会纷纷飘落。正因如此，从广小路那边眺望，石阶上的人群宛如蚂蚁筑塔，树木间隐约透露着绮罗衣衫，游人如织，令人赏心悦目，若无闲事挂心，此乃良辰美景。

二人刚才抵达樱云台之时，突然有几辆洋车路过，引发一阵喧嚣。人们纷纷驻足议论，车上有老有少，看样子该是哪里的贵族。年轻人身穿月白色的长衫，里面衬着华丽名贵的振袖和服，上年纪的人则是黑底带松叶图案的衣裳，发髻上的玳瑁饰品真的怎么看都看不够，而且隐约可以看到金表在衣襟间忽闪忽闪的。

车子停在八百善处，车上的人们陆续下车，迤逦走进屋子，周围目送的人有些因嫉妒而口出恶语，也有些人艳羡不已："多气派啊。"美尾不知何故，一副痴痴呆望的神情，不禁让人多了几分怜惜。

"肯定是贵族吧，瞧这夸张的装扮。"与四郎回头对她说话，而美尾却一点也听不进去，只是静悄悄地打量自己，与四郎有些担心："你怎么了？"

"突然有点不舒服，我们别去向岛了，还是直接回家吧。你在这里玩一会儿吧，我先乘车回家了。"美尾有气无力地说。

"我一个人有什么意思，今天咱们一同回去吧，改天再出来玩。"他很关切地同意了妻子的要求。美尾却察觉不到丈夫的体贴,只是听见丈夫又继续安慰她:"至少吃点烤鸡再回去吧。"听到这句话,她心里更加不舒服,就像逃也似的离开了,与四郎完全没有尽兴,担心美尾是不是身体不适。

自打赏花那天过后,美尾的心就开始莫名焦灼起来,无人的时候常常以泪洗面,也不是爱上了谁,只是徒觉人生无味。她知道自己所想都是徒劳,但对与四郎的态度却完全变了,烦躁的时候就敷衍搪塞,要是丈夫生气了她便更生气,还盛气凌人地说:"你要是不开心的话就离婚吧,我不会低头求你的,我也是有娘家的。"

见妻子如此气焰嚣张,丈夫不堪忍受地怒吼道:"那么你走吧,滚吧。"当吵到面红耳赤时,女人家又难免脆弱起来。

"你是想把我赶出去吗,你是故意折磨我的吧,我是你的人,你不高兴就打我吧,杀了我吧,我早已把这个家当作我的死处,被你杀死我也不会退缩,那么请动手吧!"美尾撕心裂肺地哭喊着。

与四郎本来就深爱着妻子,说离婚之类的也只是一时气话,他一看美尾示弱,便趁着好时机骂她一句:"你就是这么任性。"两个人就这样闹来闹去的,可与四郎更加宠爱妻子了。

五

　　与四郎的爱永远不移，美尾的心却暗里发生着变化。她常无神地凝望天空，终日无所事事。与四郎看着她失了心智的模样，怀疑妻子是不是被恋情折磨，从而遁入虚空。

　　"美尾，我的美尾。"与四郎这样呼喊她的名字时，"怎么了？"美尾的回答也只是有气无力。

　　尽管她每天都待在家里，可却是身在曹营心在汉，一颗心不知道飘向了什么地方。与四郎怅闷不已，若是自己的妻子真的有了二心，那简直是太可恶了。他心里盘算着、琢磨着，想要探寻出个所以然，于是形影不离地守护着妻子。但是很多日子以来都没有发现任何蛛丝马迹，美尾不过是成日间昏沉沉的，有时候却突然声泪俱下。

　　"你什么时候才能多拿些俸禄呢，对面公馆那家大老爷，从前不过是给人打杂的，但是人家一心想着出人头地，后来终于坐上马车了。尽管他胡子拉碴的，但那乘着大马的样子看起来多么威风啊。你也是个男人，趁早摆脱这种穿着破衣服上班的日子吧，成为一个体体面面的人，让外人都仰慕你吧。与其整天帮我带饭回家，还不如下班后也去读个夜校，不要输给任何人，早早发迹起来，求你了，拜托了。我也做点零工，多少帮助你一些，请努力奋进吧。好吗？"

美尾哽咽着，将清贫的生活一股脑儿倾倒出来。被骂得体无完肤的与四郎怒火中烧。

"读什么夜校啊，是不是想等我不在的时候你好趁机痛快痛快啊。"他越想越气。

"反正我就是没出息，我就是个彻头彻尾的蠢货，别说马车，说不准我以后要去拉洋车呢。你呀，赶紧替你自己考虑考虑吧，趁着年轻貌美，找个能干的相好，听说对过那个大老爷还夸赞过你的美色呢。你别在这里膈应我了。"

与四郎胡说一通，四仰八叉地躺在铺席上。打这天开始，别说是夜校，连白天的工作都懒得去做了，他一刻也不想跟美尾分开。

"哎，你为什么就这么不明白我的心呢。"

美尾无法忍受丈夫的行为，两个人各怀心事，同床异梦。只要一说话势必会引起争吵，又哭又闹，不过，夫妇间仍存在着情分，每次大吵过后又会加倍地如胶似漆，美尾命丈夫这样做那样做，与四郎也"美尾美尾"地宠溺着。时间久了，周围四邻都已经司空见惯，哪怕两个人吵得再凶，也没有人出面调解。

也就是与四郎赏梅不在家那日，有辆金纹家徽的马车来接美尾回娘家。从那过后，美尾的狂态却渐渐好转了，她不再苦口婆心地劝解丈夫，与此相反，她整日懒洋洋地消磨时光，隔三岔五找借口往娘家跑，回来后就默默地把头埋在衣领里叹息，丈夫若怀疑什么，她只是含糊地搪塞过去。

慢慢地，美尾变得无甚食欲吃饭，爱睡午觉，脸色铁青，与四郎以为爱妻生了什么病，深受打击，心急火燎地为她寻医问药，暂时忘却了嫉妒，一心一意地服侍妻子。

谁承想，美尾不是生病，原是害喜了。从三四月份开始确定怀孕，一直到梅雨时分，左邻右舍都前来道喜，害羞的美尾都不敢脱下套褂。与四郎不知道有多高兴，好像做梦一样，十月份是预产期，他便天天数着手指过日子，内心盼望是个男孩子，还特意找人占卜，表面上依旧冷淡，实际上还私下求来安产的护身符，提前计划着临产的各项准备。不过他终究不是女人，总是闹出各种问题，最后只能全权委托给丈母娘处理，丈母娘还当面数落他："这种事情，我比你拿手。"

"是，是。"与四郎便不再过问了。

六

"你这八元的月薪还是没有加薪的苗头吗？最近要添小孩了，家里的开销大了，需要人手该怎么办。美尾产后还很虚弱，肯定不能帮忙做活了，要是你们一家三口像乞丐那样悲催，那可如何是好？要是现在不去想办法谋得一份赚钱多的职业，以后可没法过日子，首先要面临的就是孩子的抚养问题。美尾是独生女，既然嫁给了你，就指望你给我养老。我呢，也没有提过分的要求，只不过希望你偶尔能给我一些去寺庙参拜的香火钱，当初你也答应得好好的。我知道，你没做到不是因为你不愿意，而是你根本没能力。喏，眼下我都是自己养活自己，这么大年纪还在到处帮人介绍活计呢，拉下这张老脸勉强过活。话说回来，一个人最重要的就是吃苦耐劳的决心，这些日子我也看清了你们夫妇的状况，以后等我干不动的时候，非要你们帮忙伺候的时候,单靠月薪八元如何能办到。所以呀,你要趁早立志,说这话可能有些不中听,我认为你们二人暂时应该分开,我先帮你养着美尾和孩子,而你,也不一定非要去做大官,即便是穿着草鞋,也要争取挣得一份体面的生活。美尾是我的女儿,她会听我的话,你好好想想吧。"

从美尾生产前开始,丈母娘就住进家里来了,动不动就把与四郎责备一通,气得他咬牙切齿大发雷霆,虽然把这个老太婆臭揍一顿轻而易举,不过他心疼美尾,又害怕再影响了胎儿发育,只好忍气吞声。

"我是男子汉,养老婆孩子是我的责任,况且人的一辈子很长,我觉得我不会一直拿着八元的俸禄过生活,您不用过于担心。"

"哎呀呀,难为你了,看,这话说得漂亮,你不说几句漂亮话,我心里还真是不得劲。不愧是男子汉,有志气。"老太婆露出几颗稀疏的黑色的牙齿[①]。

美尾感到有些尴尬,她劝母亲:"妈妈,你怎么这样说话,要是闹得家庭不和就不好了。"

与四郎知道妻子是向着自己的,于是就想着:"这个死老太婆,究竟是想挑拨离间,但美尾是我的人,不可能因为你的

---

① 旧时妇人多将牙齿染黑,用五倍子粉及铁浆做成,至明治维新时废止。——译者注

挑拨就离开我，她可不像你那么没情义，如今我们有了可爱的宝宝，我们俩一定重归于好，恩爱如初，万事顺遂。"

与四郎越想越得意，那心境就好比自己是天上高大的雷神[1]，他没有把丈母娘放在眼里，心里相信自己的妻子。

十月十五日，与四郎快要下班的时候，美尾平安诞下一个女儿，虽说不是男孩子，但与四郎的疼爱不减分毫。

"啊呀，你回来啦。"一进门跟丈母娘打了照面，她也因外孙女的出生而高兴，脸颊的皱纹都舒展开了，"快看，多好的孩子呀，小脸红扑扑的。"说罢便准备把孩子塞到与四郎的怀里。

与四郎狼狈又兴奋，有点不知所措，不敢自己单独抱着娃娃，只是从一旁守望着。这婴儿现在还瞧不出模样随谁，只是觉得可爱极了，连这啼哭声和平日里邻居家孩子的啼哭声也不同。

终日记挂的生产大事就这样平安过去了，与四郎仿佛瞬间卸下千金重压，他探头看看产妇的样子，美尾躺在高高的枕头上，用头巾包起乱蓬蓬的头发，疲惫憔悴的样子令人很是心疼，那份美丽中多了几分圣洁之感。

七夜[2]、满月、参拜神社等习俗糊里糊涂地过去了。与四郎

---

[1] 雷神天上怒，踏破是苍穹，思恋精诚固，神无劈裂方。——译者注
[2] 七夜，初七夜。小孩子出生后的第七个晚上，一般在这个晚上起名字。——译者注

将很多女孩子的名字写在纸上,然后再捻成签字的形状供奉在产神前,其中有代表"希望永恒"的"松、竹",寓意"长寿多福"的"鹤、龟"等字,不过这些名字都没有抽到;与四郎那会半开玩笑写下了"小町"这么个名字,没想到却正好抽中,"希望女儿容貌举世无双,这样肯定会幸福美满的,虽然不是小野,不过阿町的确也是个美丽的名字。从此全家人都"阿町,阿町"地喊着,抢着把小婴孩抱来抱去。

七

很快便到了翌年春天，阿町常咯咯地笑着，美尾却终日怏怏，有时眼眶还红红的。与四郎听人说这或是产后身体失调的缘故，并未怀疑什么，只是常和妻子讨论一些有关孩子成长的话题，他还和以往一样，依旧提着便当进进出出。

美尾的母亲住在东京，早就厌烦透了。某天她对女婿说："一个就是不想再劳你照顾，二来呢，从前我做活的那家从三位的军人升任到了京都，人家正好要建造新房子，我想趁这个机会去新公馆当个用人头头，而且东家也说好要给我养老，所以我不再留在这里了，以后串门的时候你们能让我留宿一晚就行了，其他的事情就不劳你们费心了。"

与四郎听完丈母娘的一席话，心想美尾也只有母亲一个亲人，害怕没有母亲在身边她会更加寂寞，于是拼命挽留："您也上年纪了,就算再好的东家,也是要去伺候别人,我们这些做儿女的太不孝了,请您务必留在这里。"

"不用不用,这种话还是等你有了出息以后再说给我听吧,我现在不想听。"丈母娘说。

于是她一个人回到了谷中的老家,并张贴了出租的红字条,随后只身一人带着包裹走水路去了京都。

第二个月,一个漆黑的夜晚,与四郎因为处理一些公事八点才下班。平日里这个时刻,家中正是和乐的光景,风车呀小狗[①]呀正在昏暗的灯光下回转着,纸门上人影幢幢,那是还没习惯母亲身份的美尾正在给孩子喂奶。

回来的路上,与四郎盼望尽快见到映在纸门上那美丽的倩影,他从格子门外张望,连声喊着"美尾,美尾。"可是有回答声从隔壁传来,那并不是美尾的声音。

"我就过去。"

邻居家的媳妇走了过来,怀里抱着小町,与四郎满腹狐疑地问:"美尾去哪里了,这还点着洋灯,是去买东西了吗?"

隔壁家媳妇眉头一皱。"啊这个嘛。"

这时怀里的小町啜泣着,她又忙着念叨着"哎哟好孩子好孩子"轻轻摇晃着阿町。

---

① 一种纸糊的小狗。——译者注

半晌。"洋灯是我刚刚点的,其实,我一直在替你看家,刚才是因为我家那个小不点又淘气了,所以回去照看了一下。你家夫人在今天白天的时候跟我说要去大街上买东西,托我照顾这个孩子一下,说完就走了。我以为就看一会儿呢,可是等到两点三点也不见她的人影儿,这是去哪里买东西了,这么晚不回家,我这个替人看家的最着急了,她莫不是发生什么事了。"

邻居媳妇儿这么一问,与四郎更加心乱如麻,很想立刻就质问自己的妻子,他问:"她穿着平常的衣服吗?"

"嗯是的,就披了一件外褂。"

"拿着什么东西没有。"

"没有,我记得没拿着。"

与四郎交抱着胳膊沉思着,"美尾这么晚了到底去哪了呀?"

"你粗手粗脚的,也不会看孩子,美尾回来前我替你喂喂她吧。"

隔壁家媳妇儿抱着小宝宝走了。

"那就麻烦你了。"与四郎道过谢,默默思忖着美尾的行踪,也没心思理会阿町。

虽然他反复排除那些可怕的念头,但想来想去,越想越觉得可疑。他打开家里的抽屉,又翻出柳条行李,统统检查了一遍。想着能否找到什么蛛丝马迹，但是家里的一切都一如往常。连她最喜欢的手岗染腰带也还在，接着他又打开经常放有小零碎的梳妆台抽屉，一看吓了一跳，里面放着一沓崭新的纸币，大概有二十张那么多，上面还有一封信。

与四郎看到后，心里顿时波涛汹涌，"果然有不可告人的事情。"拆开后，信上只有一句话："美尾去死了，不要找她，这些钱留着给阿町买奶粉吧。"

与四郎的脸色顿时青红交织，他双唇颤抖着，大骂道："毒妇！"

怒从心头起，与四郎的身体仿佛燃起了黑烟，将所有纸币和信件撕得稀巴烂，直直地站起身，要是有人看见他这副发狂的模样，不知会吓成什么样子。

八

从此，与四郎立志要出人头地，在红尘中摸爬滚打十五年之久，混得一个"赤鬼"的名号。末了五十年的人生如死灰般结束，遗留下万贯财产。当今这些财产的新主人是金村恭助，也就是与四郎的女婿，有人在背后嚼舌根："那个人也是个人物。"

金村之所以生活得如此安逸，都是拜岳父大人所赐。而他也格外宠溺自己的太太阿町，阿町从不轻视丈夫，可是她同那些家有公婆的媳妇儿毕竟不同，每逢看戏，赏花赏月，都央求丈夫出去游玩；要是丈夫回来晚了，就会一直打电话催促，哪怕夜再深也不肯一个人睡。这么黏人，阿町自己都觉得有些羞涩，可她也闹不懂为什么，丈夫不在身边就感到特别寂寞，也许是因为没有兄长和亲人可以依靠的缘故吧。

偶尔，丈夫也有出差的时候，三月半年的时间不在家，这同外出泡温泉不一样，这个时候太太也不便撒娇，只是在家里写写信，那不想让别人看见的信件中写着属于两个人的绵绵细语。

两个人恩恩爱爱，可是却一直没有孩子，结婚十余年之久，阿町始终未有所出。到清水堂不知道祈求了多少次，虽然想为丈夫添得一男半女，可是阿町的心愿始终难以达成，可能是与孩子没缘分吧。丈夫曾多次提议去抱养一个孩子，可是由于不能让妻子满意，此事就此耽搁着。

清晨，落叶上挂满了一层白霜，寒风呼啸的冷冬即将到来。在一个淅沥长雨①的晚上，太太把家里的女人们聚在暖炉间里谈天说地，有时评论一下小说中的人物，有时叫爱开玩笑的侍女说个俏皮话，太太高兴了就赏赐一些东西给下人。爱打赏东西是太太从小就养成的习惯，他的父亲也曾为女儿的这个毛病苦恼不已。

简而言之，阿町就是喜欢别人讨她欢心。要是有人奉承于她，她就会毫不保留地喜欢着人家，有一次她还把丈夫的新绸外褂赏给了与太郎，与太郎是车夫茂助的独生子，太太打赏他并无特别的理由，只是茂助在她面前随意说了句："要过年了，

---

① 日语"长雨"亦可读作"怅惘"，双关，此处直译。——译者注

孩子还没新衣服。"太太非常可怜与太郎，立刻就将鱼子纹①外褂赏给了他。茂助感天谢地，旁人的目光都集中在外套上面的"鹰羽②"家徽上，太太却满不在乎。

她担心书生千叶着凉，就命裁缝阿仲加紧给他缝制冬衣。下人不敢违背主人的吩咐，于是偷工减料，很快做好了一件飞白花纹③的棉衣，第二天晚上就穿在了千叶的身上。

千叶感激不尽，他是个感情丰富而又脆弱的青年，虽然表面上没说什么，但却红着眼圈拜托阿福，一定要转达谢意给太太。阿福最喜欢添油加醋，转头跟太太那边说道："千叶还为您大哭了一场呢。"

太太的心仿佛被触动了："哎，这个小书生还蛮可爱的呢。"于是乎，更加喜爱千叶了，常命人送些零钱之类的给他。

十一月二十八日是老爷的生日，每年都会邀请很多朋友聚会，并挑选几位标致的妓女招呼客人，宴席中摆满美味佳肴，让大家好好热闹一番。席间，那个胡子拉碴的鸟居先生嘴里唱着挺下流的艳词，"初次见面，就爱上了。"听得人都不好意思了；泽木先生也来了一首《亡命人梅川》④，依旧把"卫"字念

---

① 一种上等织法。——译者注
② 这是金村家的家徽。——译者注
③ 碎白点花纹（布）。——译者注
④ 出自《恋飞脚大和往来》。忠兵卫是淡路町飞脚问屋（宅急便）龟屋家的养子，一个因没有钱而被人看不起的汉子，他与大阪新町井筒屋的艺伎游女（青楼女）梅川是相好，忠兵卫想为梅川赎身。——译者注

成了"伊"——你的父亲"孙伊门"——类似的助兴节目已成了酒席中的标配。

阿町打扮得华丽高雅，穿着今年新做的流行窄袖便服，外面是凛凛冬天屋里却充满阳春三月的温馨，满庭满地红叶虽有寂寥之感，好在墙上的山茶花暗香浮动，小松树绿莹莹的，令人陶醉。

今年来的客人格外多，从下午三点开始，大门口的马车一刻也没有停过，凡是收到请帖的客人全都赶来了，过了傍晚越发热闹起来。也有人从客厅跑到茶室去歇息，有个身着洋装的艺伎倚在二层小楼的栏杆上，被人取笑道："戴着眼镜可不像阿轻[①]了。"

阿町觉得四处逢场作戏有些麻烦，对那些满口"夫人，夫人，喝一杯吧"的客人们说："失礼了，我不胜酒力。"不过有时推辞不过也会喝上一杯，不觉间已醺醺然矣，酒酣耳热之际，心里悸动不已，明知道中途退席有失礼貌，她还是趁别人不注意走到院子里，漫步过水池上的石桥来到假山后面，在功德箱前稍作休息。

---

① 原文写作轻女郎，指陪同男人取乐的女子。此处语出歌舞伎《忠臣藏》，里面曾有一妓女倚在二楼栏杆，偷看大石藏之助的密信。——译者注

九

　　这个宅院是阿町十九岁的时候，父亲与四郎从别人那里夺来的抵押，虽然后来加以修缮，但庭院的水流、山势、松树等大都保留了原有的样貌。阿町醉意蒙眬地打量了身后的一切，但见云雾月色暗淡，神社前的鳄铃古朴苍然，垂下红白相间的丝线，里面供奉的古镜尤为庄重森严，夜风哗哗地吹动着格子门，刮得铜铃叮当作响，供神的纸帛寂寞地颤抖着。

　　阿町遽然感到毛骨悚然，站起身向前走了两三步，想回到上房去，但又忽地停下来，靠在石狮子旁边。客厅那边的喧闹听起来异常遥远。

　　"啊，那是老爷唱歌的声音，三味线该是小梅弹的吧，老爷竟这般风流倜傥了呢，我可不能掉以轻心啊。"

　　阿町这样想着，越发觉得难以释怀，无法排遣的愁闷，在心里来回翻滚着。

过了一会儿,太太酒醒了。她在心里责备自己不该东想西想,回去的时候客厅已是杯盘狼藉的模样,迎来送往的车子在门前如绮罗星般繁乱闪耀。"某位大人起驾回府。"热闹的声音此起彼伏,散会的时候恰巧下起了小雨。

恭助乏得很,没有脱衣服就直接躺下。太太连忙说道:"老爷,那可不行。"她帮丈夫脱下外套,又亲手替他解开腰带,然后帮丈夫换上法兰绒衬衣,又在外面盖了一件绸睡衣。"现在睡吧。"她握着丈夫的胳膊,把他扶到卧房里。

丈夫嘴里嘟囔着:"我没喝醉啊。"跟跟跄跄地走到内室里去。太太又叮嘱下人们小心火烛,说了句"大家都睡了",也去了卧房,她总觉得心里慌乱不安,虽然没有说出口,可是神情却出卖了她。

丈夫抬起半醒半睡的眼皮。"怎么不睡,你在想什么。"

太太回答道:"只是觉得有点不可思议,怎么会变成这个样子呢,我也不懂了。"

丈夫笑道:"你想得太多了,放宽心就没事了。"

"不是,我总觉得很孤独,方才招呼客人们喝酒,我感到厌烦极了,便逃到院子里去,一个人在神社前醒酒,我真奇怪真奇怪,总是想些奇奇怪怪的事情,说出来你又会笑话我吧,我又要被你笑话,被你训斥了。"

太太垂着头，泪珠儿啪嗒啪嗒滚落到膝盖上。

夫人一反常态，今天异常冷静忧郁。她漠然地说："将来我说不定会被你抛弃，我觉得自己很悲催，心里好痛苦。"

老爷听到后说："又来了。"还粗俗地笑了，"是谁跟你说什么了吗，还是你一个人瞎琢磨，什么事都没有，你放心好了。"

丈夫的语气并无异常。

"可是我并不是小肚鸡肠的女人，今天宴席上如此热闹，所来之人非富即贵，我想到这些人物都是老爷的朋友，也暗暗为您高兴，可是背地里，我不禁想到自己的身世，您会越来越体面，在社会上有了名气和地位，今夜还有小梅与你一同弹奏《劝进帐》，虽然我并不嫉妒她，我惊异的是不知何时开始，您竟然唱得这么熟练自然。我一直以为我们还是从前的我们，我整天缠着你说这说那，在家里只是浑浑噩噩地度日。你是不是渐渐觉得我乏味了，回过神来我觉得自己很是悲哀。除了你之外我无处可依，父亲在世时为你我定下婚约，这些年以来你处事周全，给我养尊处优的生活，我真的很感谢你。但是现在的自己好像已经配不上你了，一想到这些事情我就坐立不安，我没有想过会变成当下这个样子，明知道不该讲，但还是就这样把心里话说出来了，怎么办才好，心里七上八下的。"

老爷听她稀里糊涂地哭诉一通，心里好笑地想："她又吃醋了。"

十

  毫无来由的烦闷压迫着太太的心怀，她不知如何才能排遣。这些日子的天空，明明晴空万里，但却有如阴天。而这暗淡的天色也传染了人的情绪，仿佛蒙上了无限愁思。细雨沥沥的晚上，冷风拍打着房门，就像来人敲门的声音，太太寂寞地取出古琴，弹奏一首自己喜欢的曲子，可是不觉间，她自己和曲调都变得异常哀伤，最后实在弹不下去，眼泪不住地流淌，她一把将古琴推开。

  有时，她叫侍女们一边给自己揉着肩膀，一边讲些令人心神荡漾的恋爱故事听，那些好玩的事情，别人听了都笑得乐不可支，但太太却总能玩味出一丝凄凉的底色。

  一天夜里，阿福压低声音说："要是我不说的话，不会有第二个人知道，我说了对我也没什么好处，不过啊，我这个性子,就是藏不住事。你们听到后可要继续装作不知道的样子,我这有一件好玩的事情。"

说到激动处,她稍稍提高了音调。

"什么事。"

"你们听说了没有,书生千叶那悲惨的初恋故事呀,当年还在老家的时候,他爱上了一个姑娘。虽然是乡下姑娘,可并不是穿着草鞋,包着头巾的村姑,相反,那是个地地道道的美人呢,好像说是村长的妹妹,上小学的时候有了好感。"

"那是谁对谁有好感啊?"侍女阿米插嘴问。

"仔细听我说,当然是千叶这个傻家伙啦。"

阿米笑出声。"原来是那个小傻子呀。"

夫人也苦笑着。"好可怜的,你们怎么还知道人家失恋的故事呀?"

"不,事情远远不止这样,且听下文。"

阿福假意咳嗽了几声,小婢女阿米的脸瞬间红了,只因自己也在恋情中,她担心阿福说出什么不中听的话,使劲瞪了她一眼。

阿福舔了舔嘴唇,继续说道:"你继续听我说,千叶自从爱上那个姑娘后,早上去学校一定要从她家的窗户下面经过,还琢磨着人家有没有听到他的声音?她已经走了吗?好想见到她,好想听到她的声音,好想跟她说话,总之想着各种各样关于姑娘的事情,在学校也可以跟她说话见面,但这些还不够,到了星期天,他一定会去人姑娘家门前的小河里钓鱼,这真是可怜了小河里的鲫鱼和鲢鱼,他在那里钓啊钓啊,太阳西斜了也不愿意回家,'我的心上人快出来吧,真想把这些鱼儿都送给你,好想看见你的笑颜。'别看千叶平日里老老实实,谈起恋爱来真是个老油条呢。"

"所言当真?那他们是什么时候确定恋爱关系的?"太太问。

"您猜,对方是村长的妹妹,这边是平头老百姓,他们门不当户不对,两个人悬殊太大,你们觉得他们两个人能走到一起吗?阿米,你说呢?"

"我不知道。我知道你没安好心,你定是想取笑我。"阿米疑心阿福取笑自己,傲娇地把脸扭到一边去。

太太微笑道:"肯定没有成功,所以千叶才变成现在这个样子吧,要是有心上人,怎么会不注意仪表呢,看他那一心只读圣贤书的疯狂样子,是因为失恋而自暴自弃吗?"

"怎么会呢,他是个聪明的读书人,不是自暴自弃,只是看透了人世的无常吧。"

"这么说,那个姑娘莫非是去世了?"

阿福越发自得起来:"那么小的年纪里,有几个能真正谈起恋爱啊,他也没有表明自己的心意,只是默默在心里思念着姑娘，就这样过了一天又一天。你们应该都了解千叶的性情吧，他为此大病一场，还被舍在庙里，不管心里多么想念心爱的人，陪伴自己的只有庙里吹来的松风罢了，罢了，这些不提了，下面才是正文。"

"这一定是阿福自己胡编乱造的，看，还有模有样呢。"太太用手指弹了弹阿福。

"怎么会是我自己瞎编的呢，不过要是您也知道的话，那么就当我没说好了，这可是他亲口跟我说的。"

"净瞎说，他怎么会跟我谈这些事情呢，如果确有此事，以他的个性肯定是愁眉苦脸，一句话也说不出啊，你更可疑了。"

"您怎么这么无情呢，为什么不相信我的话呢，今天早上千叶还跟我说：'这些天看太太好像有些不舒服，是有什么事吗？'我跟他说，太太有月经病，身体经常不舒服，难受极了常躲起来偷偷地流眼泪呢，这是太太的老毛病。千叶听了非常吃惊：'这怎么行，这属于神经衰弱啊，要是不好好治疗，以后会越发严重的。'接着千叶还跟我说，他从前在老家的时候，有个认识的姑娘，活泼伶俐就是有些神经衰弱，就像太太那样，她有个后娘，平日里一直小心翼翼地生活，由于过分劳心伤神，最后憔悴而死了。可怜的姑娘。千叶是个老实人，他把什么都跟我说了，所以我把他前前后后的话联想到一起，就形成了方才的故事。他说那个姑娘像太太是千真万确的，不过要是他知道我在这里多嘴，一定饶不了我，太太，您可不要卖了我呀。"

阿福口若悬河地讲了半天，形容得绘声绘色。

十一

又一年的十二月十五日，辞旧迎新之际，大街上人来人往车水马龙，岁暮参拜的生意人纷至沓来，公馆里热闹非凡。大扫除开始了，打扫天花板的竹帚的叶子在廊下四下散落着，家里到处散落着用人的草鞋，有人拿毛巾擦拭桌椅，有人用棍子掸掉角落的灰尘，有人负责移动家具，还有一些用人喝醉了酒，被当作行李那样搬走的。那些平日里受公馆照顾的小伙计们也都跑来帮忙，因为做活的人实在太多了，所以太太辞去了一半，她把剩下的人集中在一起，当场剪下全新的毛巾，分给大家包头用。于是乎，大家七手八脚地包起头来，有的在脑后打了个结，有的在下巴底下打了结，还有的把整张脸都蒙了起来。

老爷早晨就出门了，夫人指挥着扫除工作，她单手提着上衣的下摆，长长的友禅内衣拖着地板，脚下蹬着红色鼻绳的麻底草屐，这个呀那个呀忙得不亦乐乎。下午清扫工作告一段落，太太拿出点心饼干招待大家，还准备了很多小山般的紫菜包饭，太太嘱咐大家随意吃喝，自己躲到小楼二层养神，她又犯了老毛病，胸部胀痛难忍，她枕上枕头，盖着小薄被子，稍稍休息了片刻。除了小丫鬟阿米以外，没有人晓得她在这里。

太太晕乎乎地睡了一小会儿，醒来后，枕头边传来廊檐下一对男女的谈话声，他们肆无忌惮地大声嚷嚷着，就像是在工厂里喊话那样"爷儿们啊，娘儿们啊"的，都是些粗鄙的话语，他们做梦都没想到夫人就在不远处。

其中有阿福的声音，她嘲讽地嚷嚷着："说什么'干净点，仔细点'，就一天工夫能有多干净啊，把里里外外都要弄得一尘不染，怎么可能？随便糊弄糊弄得啦，那些犄角旮旯谁管它，就这样还累得受不了，要是全都清扫一遍，那还得了？"

"就是就是。"附和的是茂助那边的伙计安五郎。

他反问阿福："说实话，你知道这边的老爷跟饭田町那个阿波的事吗？"

阿福一副了然于胸的口吻："不知道的恐怕只有我家太太吧，俗话说，'不知道的只有当王八的丈夫'，咱们这可就完全反过来了，我还没有见过那个阿波长什么样子，听人说肤色黑黑的脸长长的，也是很好看的，你不是常常给老爷拉车吗？你见过吗？"

"那是自然，只要格子门的铃声一响，小少爷第一个跑出来，接着就是那个小娘们儿，她把一头黑发梳成鬏发髻，淡淡的妆容清清爽爽，哎呀，衣领上夹着一块黑缎子，还系着围腰，'啊呀，好久不见，快进来坐。'老爷便笑盈盈地说：'好久没来，见谅见谅。'然后顺势坐在檐席上，那个娘儿们就过来替他脱鞋。那股子劲儿看着真别扭，等老爷进屋后她便出来，'辛苦了，拉车的，拿着这点钱去买烟吧。'就是这么个利索人，听说还是良家出身。"

"不错，就是良家出身，还是个清白人家的闺女，跟着老爷也有十年了，小少爷有十岁还是十一岁了，哎，可怜这家中没个一男半女，那边却有个男孩子，这么一想只是可怜咱们夫人了，不过孩子这事讲究的是缘分，有什么办法呢？"有个人说。

"没办法呀，不过，这家大业大也是去世的大老爷榨取得来的，如今又转换成外姓人的，太太也无话可说吧，不过现在咱们这个老爷真的不地道。"

"男人都是一个德行，男人都不是好东西。"阿福笑出了声。

"切，干吗指桑骂槐，说得这么难听，我怎么了，我可不是那种无情无义的男人，像这种欺骗老婆去养小妾的事情，我可干不出来。这老爷真是太狠了，虽说他有点谋略，但是那害人的功夫可真是青出于蓝啊。"

安五郎毫无顾忌地大声说话，阿福也是一如既往的大嗓门。

"老安，来，再忙活一会儿，我来擦擦这里，你去清清那儿，等下咱们去擦仓库吧。"说罢，阿福便擦拭起廊檐来。

夫人把立在面前的纸门当作救命的屏障，焦急地期盼着："求你们了，千万别进来，我不想让你们看见我的脸。"

十二

　　十六日早晨，经过昨日的扫除后，明净整洁的六叠房间里面，夫人、老爷隔着暖笼对坐着，他们打开当日的报纸，随意地谈论着政界的事情，文学界的变动啊什么的，看起来饶有趣味，画面温馨美好。

　　老爷觉得这可能是个好时机，便对妻子说："家里一切都好，唯一可惜的是没有孩子，你能生个男孩就好了，要是实在没有希望，还不如趁早抱养一个，我们两个一同教育。我一直都有这个愿望，不过一直也没有合适的人选。过几年我也要四十岁了，说这话好像太老气横秋了，我不禁担心起家里的香火问题，没有继承人总归心里不安生，搞不好我也会跟你似的，有一天患得患失的，成日里喊着寂寞寂寞。幸好那个海军朋友鸟居先生介绍了一个不错的男孩子，很活泼，出身也不赖，你要是没意见，我想把他过继过来，鸟居来担保一切事宜，也可以做孩子的本家，小男孩今年十一岁了，听说模样很俊俏。"

太太抬起头观察着丈夫的脸色，沉默了良久："那敢情好，我什么意见都没有，你要是觉得不错把孩子带过来吧，这个家是属于你的，你想怎么样都没问题。"

夫人佯装平静地说道。可是心里忧虑极了，万一是那个孩子，可怎么办啊？

老爷接着说："也不是着急的事，你好好想想，要是愿意的话，以后再做决定。你别太郁闷了，当心累坏了身体，我觉得可能会给你一些安慰，所以提出领养一个孩子，现在又觉得这么说未免太轻率了，孩子又不是洋娃娃和玩偶，也不是闹着玩的，更不能因为不合心意就扔到垃圾堆里，抱养孩子是为了继承家业，托他好好打听后咱们再做决定吧。只是你现在如此郁闷，为了身体着想，暂且先不去理会这件事了，这不是着急的事情。你要不要去曲艺场听落语，好像播磨正在附近的曲艺场开演呢，今晚怎么样，去不？"丈夫极力讨好她。

"你今天怎么对我这么好，我不想要你这么讨好我。我难过就让我难过好了，等开心的时候自然就会笑了，请让我随心所欲吧。"

太太不敢当面抱怨了，她把愁苦藏在内心深处。

"干吗说这么丧气的话,最近你总是话里有话,是不是有什么事瞒着我,是最近关于小梅的事情,是那个吗?如果是为了这件事,那么大可不必,我跟她之间什么事都没有,你的担心是多余的,小梅是八木田的人,我不会去染指的,而且她那么瘦小,就像枯萎了的紫苏花一样丑,要有多好色才会喜欢这种货色呀,你想得太多了,我可是清白的。"

老爷一边捻着胡须一边微笑着,还以为夫人不知道饭田町格子门那个女人的事,所以压根儿没有任何防备之策。

十三

  悲哀至深，太太常常心口疼痛，这也变成了她的老毛病。有时候疼得厉害，就会卧倒在席子上，那一副痛不欲生的模样，好像命不久矣似的。起初还叫医生过来打针治疗，可是由于这个心疼病不分昼夜地发作，后来干脆就叫手劲大的人用力按住她的疼痛部位来代替止疼针。这件事只有男人才能办到，所以每次不管白天黑夜，只要太太疼痛发作，就立刻把千叶叫过来，让他帮太太捶背按摩。

  千叶是个老实人，因此全心服侍着太太；他忘了男女有别，久而久之人们的目光变得诧异起来，旁人偷偷咬耳朵，后来给六叠房间的内室间起了一个挺风流的外号，"心疼小屋"，这名字总让人联想起什么淫乱羞耻的行为，那些本来不相信的人也觉得确实有些奇怪，后来更夸张地议论着那个霜夜太太探望书生和赏赐外褂的事情，在这个捕风捉影的尘世里，原野的虫都隐藏不了，哪怕是露珠般微不足道的小事也会被人知晓，太太的身子越发脆弱了。

阿福这个人品性低劣，她老早就看上了夫人的那件结城绸衫，本以为太太会赏赐给自己，可是太太却说最近大事小情都麻烦千叶，叫人把衣服送给了千叶。阿福对这事恨之入骨，从此对太太的事都有了看法，有一次，她逮住梳头老妈阿留，故意惊慌失措地胡说乱说，于是阿留也跟别人乱嚼舌根。很快，一传十十传百，那莫须有的事情街谈巷议，还被描述得有模有样。有一天终于传到了老爷的耳朵里。

这事情搞得他心神不宁，心里暗自琢磨："如果这个家不是她父亲的，那怎么都好说；现在大家虽然议论纷纷，我还是不忍心叫她搬走；不过，事态要照这么发展下去，不仅别人会议论我家庭混乱，还会给我自己带来很多麻烦，究竟怎么办才好呢？"老爷苦思冥想，苦恼不已。

阿町自小随性骄纵，金村老爷从不会因为这些小性子而斥责她，因为她好歹是金村明媒正娶的妻子，从来没有逾矩的行为，但是这次不同以往，这是让家族蒙羞的丑事，很多亲友也都劝告他早日休妻。他心里横下决心，想着就今天吧，就今天吧，但还是于心不忍。过完年打算等到初七再说，过了初七就又考虑等过了十五再说。于是，十天，二十天这样拖延下去，二月梅花暗香，他认为不适合谈论那件事；三月份，饭田町的小子要考试，看着那个孩子笑容满面去应试的脸蛋，老爷心里却不太痛快，他来回思索着家里的事情，阿町的事情，到底如何是好，左右摇摆着。他从朋友那里在谷中买了一套房子，万事俱备，想叫妻子迁居此地。可是他想到阿町自此便要清苦寡居，又暗自垂泪，痛恨自己无情无义；但最终还是痛下决心，四月刚开春，春雨淅沥沾湿樱花的夜晚，下达了妻子迁居的命令。

而在此事发生之前，千叶早就被东家撵走了，虽不是汨罗江沉冤的屈原，但他的污名却是无论如何也消不掉了。后来，有人说看见他在永代桥上坐轮船回故乡了。

那个夜晚的事情是令人断肠的，丈夫等一切就绪后对妻子说："我有话要说。"

太太看到丈夫这么郑重，心头一紧，怯生生地来到书房门前。

"从今晚开始，你就搬到谷中去吧，不要把这里当成家，也别再回来了，我不想多说你的错误，你走吧。"

"你怎么能这样，我有什么罪过，你可以斥责我呀，为什么要赶我走，我不走。"太太哭着说。

老爷头也不回："正因为有一些原因，哪怕你干出出格的事情，我也不愿数落你的罪状，早已准备好车子了，你快坐车走吧。"

丈夫说完，立刻起身出去了。太太跑过去拉住丈夫的衣袖。

"放开，你这个放荡的家伙。"老爷一把甩开她的手。

"你，一定要这么对我吗？你一定要抛弃我吗？我孤身一人，在世上只有你可以依靠，你想抛弃我然后将这个家据为己有，你试试看，你想甩开我，你休想，我就算是拼了命也不会让你如意的。"太太怒目圆睁，狠狠地瞪着丈夫。

老爷决绝地把她推到一边："阿町，此生不复相见。"

无篷小舟

芦垣近旁，流水清清的江户川畔，有位姓其原的年轻人。双亲早早过世，他便由伯母抚养照顾，几年后伯母也离开人世，这年轻人就独自成长。故人故去，他不堪俗世所扰，为躲清净移居此处。

他自幼立志读书，有功名用世之志。囊萤映雪①寒窗苦读，才情非凡，虽旁人百般愚弄，但内心坚持立身出仕。其原生来气性刚正，不擅寻花问柳，朋友们纷纷起哄吵闹，扬言道："这不过是个没有底的玉杯②，中看不中用。"

慢慢地，他感到这世间索然无味。即便日后成为公职人员，大概也会被人轻贱吧。虽然我志向高远，可是现实中却处处碰壁，始终不能如愿。

我好比一艘无篷小舟，在波浪中漂漂荡荡，虽然想要找处

---

① 囊萤映雪，汉语成语，比喻贫士苦读的典故。语出《萧淑兰》。——译者注
② 没有底的玉杯：比喻事事能干却不解风情的男子。语出《徒然草》。——译者注

岩石栖息，但是我不能违背世事人情，徒然度过茫茫岁月。

春花烂漫转瞬间枯萎凋零，云霞弥漫中月光凉凉如水，蚊香屡屡的烟丝消失在空中，风中已然满是秋的气息。

可怜身上衣单，小院内的流觞曲水清幽雅静，院内少绿植树丛所以并不幽深，小小的院墙上有胡枝子淡淡伸出几处枝丫，颇有情趣，就像是想要伸出双手摘取什么东西似的。

淡淡的红色芒草也招摇着，看起来华丽梦幻，夕阳的光辉自柴火堆旁升起，西边的天空被染得通红，渐渐变得稀薄。房檐处已是暮色朦胧，拂过胡枝子[①]的微风掀起小小珠帘，悠悠地飘动着，触目伤怀，备觉凄凉，宁静安谧的环境让人思虑深重。

十三日的夜晚，中庭如积水空明，庭院青松明翠，月光洒落，又慢慢爬上天空，看起来分外高远，月明星稀的夜晚。千里无垠处处明亮，其原神游天外，双亲未曾谋面就去世了。此恨绵绵无尽，在满怀悲戚之余，他只觉岁月漫长难挨。

纵使相逢，其原也不会认出母亲的样子。伯母的用人老成持重，自小便是我唯一的依靠。还记得她常常说的话，让我小小的心里面也觉得十分诧异，若是她还在人世，大概也会这么

---

① 胡枝子：豆科落叶灌木。日本人自古就喜欢胡枝子的花之美，把它列入"秋日七草"，而且单独创造了一个汉字："萩"。《枕草子》译者周作人解释说，"日本古歌中说鹿者，必连带地说胡枝子"。胡枝子在日本文化中花语是思念。《枕草子》中说起恋人来信时，就附带着一枝带露水的胡枝子花。——译者注

训诫我的吧:"俗话说,不孝有三,无后为大,您以后打算该怎么办?"如若她尚在人世,当会在何处赏玩今宵之良月呢?

纵然如此,我永远也不会忘记她,若能在梦里告诉她老人家我有了怎样的恋情,不知她该有多高兴。

长吁短叹之间,夜深露重,秋风吹过荒野,深切地感到秋意凉凉,不知是露水还是泪水,不停流下,对月怀远,忧愁实多。

林荫草

今有一男子，也就江户时期的粹人①，此人沉醉于听歌买笑，时下艳名颇高，引得友人纷纷艳羡不已，为何他能如此放荡不羁？

时下，芳园游里②某位太夫③与之交往甚密，常邀请男子一同取乐。"今晚一定要留下来哟。"太夫窃笑。温香软玉缱绻，他春风正得意，醉卧美人怀，觥筹交错，推杯换盏。此位

---

① 江户的人文精神，读作"意气"，却也可以写作"粹"，而它也可写作"通"。所以形容江户的町人，除了"粹人"以外，还可称之为"通人"。按照《大辞林》的解释，从字面上理解，通人之"通"，按照字面来看即为"通晓""洞明"的意味，"通人"一词，即是对某些事物精通、擅长的人。引申其含义，便是懂得生活，通晓人情的人。在《大辞林》中，对"通人"的第二种解释，便是指精通风流花柳的人，江户子同样也往往以勾栏之事为傲。——译者注

② 日本第一花柳街吉原（よしわら）是江户时代公开允许的妓院集中地，位于东京都台东区，这个地名一直沿用到1966年。——译者注

③ 每个妓院都有着严格的等级制度。最高一级的游女被称为"味"，又叫"大官道具"，意思就是太夫只陪高官，一般武士、商人就算再有钱，想见太夫一面那都是痴心妄想。"太夫"相当于中国的花魁或是头牌，是万里挑一的存在。——译者注

太夫身着华美炫目的打褂①，上面绣有立体的凤凰孔雀图案，且全部用金丝银丝缝制，真个妖冶无比。打褂被美酒浸湿，酒酣耳热之际，有人悄悄耳语道：

"你这小子。就连盘子里面的水也都当酒喝了。"

是夜，招待尤为隆重，随之黎明月色凄凄，只恨匆匆又晨钟，两人结下绵绵盟约，不舍东方之白。

而后，这男子顿觉所有事情索然无味，"我还爱惜自己这份名气呢。"

"瞧瞧，那个屋的谁谁，只因客人不小心打湿了她的褂子，便怀恨在心狠狠为难客人。看啊，这人好无耻呀。"男人宣扬说。

之后太夫更加尽心服侍他。不过，几天后又开始同其他男人亲昵。

"你休要再引诱别人，若是有这种想法，别怪我不客气！"男子对太夫说。

"这次一定要好好给他们点颜色看看。"男子暗下决心。

真好笑，他竟成了这行的谋士。

---

① 打褂更华丽，并且打褂一般搭配振袖穿，对于结婚的着付和艺伎来说，打褂是必不可少的，相对于羽织，打褂穿着的场合要更隆重。——译者注

若尾逸平这个人，原先只不过是甲斐国山梨郡①一个小商人，生活倒也清闲自在，为谋生计，他打算只身去江户闯荡一番。

途中，于八王子②附近留宿一夜。半夜醒来，若尾隐约听到隔壁房间的谈话声，有两个人好像在说着甲州什么的。仔细听："最近横滨港口停泊了好多外国船只，运来相当丰富的商品，还有水晶这种价值昂贵的东西，明天去那里的人肯定不多。这样，我们可以低价买入，奇货可居大赚一笔。"

隔墙有耳，若尾听到此番谈话后即刻整装，整夜不睡，早早出发。而昨晚侃侃而谈的人此刻却美梦正好，还不知天色已明。

若尾打点完毕心中窃喜，当日便赶回甲府，把所有水晶都买了，一点都没有剩下。此前要买这批水晶的人抵达此处后，那些水晶早已全部成了若尾的囊中之物。众人均瞠目结舌。"多少请匀给我们一些吧。价格稍微高一些也没有关系。"

"我正有此意。"若尾偷偷笑，若无其事地说，"那么我便给你们一些吧，三分之一怎么样。"若尾拿到钱，余下的水晶

---

① 甲斐国(かい)：7世纪前后成立，属东海道，俗称甲州。石高约23万石(庆长时期)。古来之山国。日本战国时代为武田信玄所统治。废藩置县后，改名甲府县，后被称为山梨县。——译者注
② 八王子市是日本东京都的其中一个市，位于东京市中心以西约40公里的近郊。——译者注

山也价值不菲，此后他们家运昌盛，在甲府置办本宅，在横滨开设分店，发家速度令人瞠目结舌，去年国会开设期间，若尾还被推选为了山梨郡多额纳税议员。

那是他立志于江户出人头地的三十多岁。

之前，千叶县的长官池田盛辉加入荻之园[①]学习和歌，他常常一边思考一边大声吟咏。有一次园里举办大和歌比赛，分为三局三组。池田同师傅是对手，他日夜苦思冥想，还让妻子在一旁倾听。

"原来我的夫君竟是这般苦恼哇，原来和歌这么困难啊。"池田没有回答。对于女子来说，学习和歌可是一件大事，没有比这更难的事情了。

池田问："你觉得做什么更难呢？"

妻子说："什么做什么？和歌就是要表达内心深处的东西吧，对我而言，要抒发一些我心里不曾有的东西，只能是越大声越好啦。"

小石川的某个练习日，大家聚在一起讨论书法。入座后，某人道："在下有问题想要请教各位，这个字读什么？是这样

---

① 诗人中岛歌子创办的诗歌创作组织"荻之园"。——译者注

的，今天在我来荻之园的路上，某户人家处写有"照暗"两个字，应该怎么读呢？是不是'てるやみ'呢？这也多少有些奇怪。"

众人均摇头晃脑。

"诸位，夏子先生肯定知道，希望你能评判一下。"

"'照暗'这个名字从来没有听说过，大概就是照亮黑暗的意思吧，这个怎么读呢，可能是再造字吧，想不出叫什么？"

师傅说："是郡名吧，你当时路过了什么地方吗？"

"那户人家在水道旁边，房檐上有个电灯。"

我恍然大悟，师傅也拍手称快。"这就明白了，这个不是人的名字，是关于电灯的，路旁的灯火点亮了漫漫长夜，这就是照亮黑夜的意思。"众人均哈哈大笑。

是谁曾这样说？人心易变，真的就是这样，心里虽有坚守，一旦被外界事物所诱惑，还是会产生变数。世事无常，人情反复。

年轻女子独善其身，独自一生，犹如星星之火，很快便会成为街谈巷议的谈资。海誓山盟最不可信，病入膏肓，对于年老之人年轻之人都乃无常。

儿时友人已为人妻，久未谋面，偶然得见，相互喜极而泣。嫁作人妇后，大都变得成熟稳重。而男性朋友娶妻成家之后却一般变化不大。有时候朋友约我出去，不巧被雨拦在半路，夜宿于外，清晨时分再次启程，天边一弯残月守候。下雪天，路上十分寒冷，家中有人等候，灯火可亲，年迈的双亲很是高兴，每一个人都很高兴，和歌也好文章也好，此刻，思如泉涌，很高兴。

被人夸奖，欣然自喜，相对而坐练习书法，让人感到很难为情。所谓过犹不及，一味盲目地夸赞有些令人讨厌。人们聚在一起，讨论着那个人来或不来——那个饱受大家爱戴的人，可谓是天之骄子。这个人年纪轻轻，我未曾谋面，若是能一睹尊容，该多令人开心啊。

衣着光鲜的人坐在一辆破车上，会生出怎样的心境呢？车漆崭新，车盖发出夺目的金光，盖膝毛毯和披风都是难得的优质皮毛，车夫穿戴不俗，却戴着一条乡下老翁常用的脏毛巾，总让人觉得违和，连带着这辆马车也令人觉得破旧了。

因为字写得不好所以放弃练字，偶尔写写东西最后被称为书法界的大师，友人均表示羡慕，纷纷索要墨宝。勤奋好学，就会慢慢提高技巧，潜心修炼也许终有一天会成为大师。而如果刚开始写得不好就放弃，则永远不可能成为表率。

如果因为起初写得不尽如人意便中途放弃，那么便不会成为人物，世间万物都需努力才行。

怪哉。

樋口一叶年谱

明治五年（1872年） 出生

五月二日出生于东京府第二大区一小区内幸町二丁目（现东京都千代田区）一番的下层官吏之家。父亲名樋口则义，母亲名多喜，是家中次女，本名夏子或奈津。父亲原是山梨县的一名农民，安政四年离开故里，明治维新后来到东京府就职。樋口一叶此时已有一个姐姐和两个哥哥，之后父母又生下妹妹邦子。八月，举家搬迁至第五大区四小区下谷（现台东区）。

明治六年（1873年） 一岁

父亲兼任东京府权中属[①]的教部省权大讲义。

明治七年（1874年） 两岁

二月，搬家到第二大区六小区麻布（现港区）三河台町五番。

[①] 日本明治初期官职名称。——译者注

九月，父亲成为士族。

明治九年（1876年） 四岁

四月，搬迁到第四大区七小区（现文京区）本乡六丁目五番地。

十二月，父亲于东京府权中属退职。

明治十年（1877年） 五岁

三月，进入本乡学校上学；月末，因母亲反对被迫退学。十二月，父亲受雇于警视厅，此时，一叶进入本乡町四丁目的私立吉川学校学习。

明治十一年（1878年） 六岁

六月，一叶来到吉川学校下等小学第八级[①]进修，七年级退学。其间在此学习草双纸。

明治十三年（1880年） 八岁

一叶跟友人松永政爱的夫人学习裁缝。

[①] 明治五年规定小学八年制，第八级相当于中国的小学一年级。——译者注

明治十四年（1881 年） 九岁

三月，父亲正式就职于警视厅。七月，搬家到下谷区御徒町三丁目三三番地。十一月，转入私立青海学校。

明治十六年（1883 年） 十一岁

十二月，一叶以青海学校小学高等科第四级第一名的优异成绩毕业，没有继续下一阶段学习，然后退学。

明治十七年（1884 年） 十二岁

从一月开始的短时间内，同京桥区新凑町的和田重雄以通信方式学习和歌。十月，全家搬到下谷区上野西黑门町二十番地居住。

明治十八年（1885 年） 十三岁

在松永政爱家遇到十八岁的涩谷三郎，二人开始了长达五年的交往。涩谷在东京专门学校攻读法律。

明治十九年（1886 年） 十四岁

八月，在父亲的旧识远田澄庵的介绍下到中岛歌子的歌塾荻之舍中学习和歌。荻之舍位于小石川安藤坂，虽是民间歌塾，但汇集了很多名门闺秀，如乙骨牧子、田边花圃、伊东夏子等。

明治二十年（1887年） 十五岁

一月，开始书写最初的日记《旧衣》。六月，父亲从警视厅退职，长兄泉太郎没有实现去关西赴任的愿望而回到东京，在大藏省出纳局配赋课谋得一个职位。十二月，泉太郎因肺结核不幸病殁。

明治二十一年（1888年） 十六岁

二月，一叶正式成为樋口家的户主。五月，又搬到芝区高轮北町十九番地。父亲变卖居所，倾尽家财，在私交甚好的松冈德善资助下投资运输承包生意。九月，再次搬家到神田区表神保町二番地，父亲在神田锦町拥有一家事务所。

明治二十二年（1889年） 十七岁

三月，父亲经商失败，举家搬迁至神田淡路町。七月，父亲病故，父亲生前曾希冀涩谷三郎同女儿完婚，以此照料妻儿的日后生活。九月，一叶带母亲、妹妹投靠位于芝区西应寺町六十番地的虎之助。涩谷得知樋口家破产的消息后，单方面悔婚。

明治二十三年（1890年） 十八岁

一月，母亲同虎之助的关系恶化，矛盾无法调和，中岛歌子知晓情况后从五月开始，将樋口一叶接入歌塾居住，并请其担任女校的老师来负担母女三人的生计。九月，又借住于义兄长十郎邻近的本乡区菊坂町七十番地，一叶一家靠针织缝纫和浆洗衣物维持生计。

明治二十四年（1891年） 十九岁

一月，荻之舍的学姐田边花圃凭借作品《数之莺》作为新晋女流作家崭露头角，樋口一叶受此启发立志以文养家，开始执笔写作《一株枯萎的芒草》。四月，经妹妹邦子的友人野野宫菊子介绍结识了《朝日新闻》的记者半井桃水，桃水收一叶为徒并指导其写作。桃水当时三十二岁，妻子去世后一直独身，照顾自己的弟弟妹妹。

明治二十五年（1892年） 二十岁

三月，桃水的友人和弟子创办了同人杂志《武藏野》，一叶在其主持的杂志上发表了处女作《暗樱》，自己的文字第一次印成铅字。四月，发表《玉带》。五月，又搬到西邻的菊坂町六九番地。六月，一叶同桃水的绯闻在荻之舍愈演愈烈，迫于世俗压力，一叶忍痛与桃水断绝师徒关系，但桃水依然在金钱上资助一叶。七月,在《武藏野》发表《五月雨》。八月,在坪内逍遥、高田早苗的介绍下,在新潟三条町区裁判所担任检察官的涩谷三郎突然来访,表示愿意同一叶完婚。十月,《经案》在甲府的《甲阳新报》上连载。十一月,《埋没》开始在一流文学杂志《都之花》上连载,十二月完结。十二月,在桃水的资助下,在单行本《胡砂风吹》上发表一首和歌。

明治二十六年(1893年) 二十一岁

二月,在《都之花》上连载《晓月夜》。三月,《雪天》刊载在北村透谷、岛崎藤村等人创办的《文学界》,《文学界》的同人平田秃木来访。七月,一叶一家因生计所迫,搬到下谷龙泉寺町三六八番地的一家三户连檐房中,俗称大音寺前(现东京都下谷区),毗邻吉原的游廊花街。八月,开了一间售卖粗点心和针线玩具的杂货铺。十二月,《琴音》刊登在《文学界》。

明治二十七年(1894年) 二十二岁

二月,开始同占卜师兼投资商佐贺义孝周旋,此时在《文学界》发表作品《隐身花丛中》(前半部)。三月,一叶向佐贺义孝提出了物资资助,想借一笔钱作为本金,佐贺义孝为与一叶幽会，欲借钱给一叶。他露骨地要求收一叶为妾，遭一叶愤慨地回绝。在平田秃木的带领下拜访了马场孤蝶，二人成为知己。四月《隐身花丛中》（后半部）在《文学界》发表。五月，搬家本乡区丸山福山町四番地，成为荻之舍的一名助教，从友人处借钱，并与佐贺义孝维持着艰难的交往。七月，在《文学界》发表《暗夜》，十一月完结。八月，岛屿藤村初次访问一叶。十二月，《大年夜》在文学界发表。

明治二十八年（1895年） 二十三岁

一月，《青梅竹马》在《文学界》开始连载，翌年一月完结。三月，从砚友社的作家大桥乙羽的信件中投稿给《文艺俱乐部》。四月，《檐前月》发表于《每日读卖》。五月，《行云》发表于《太阳》，上田敏、川上眉山初次探访一叶。六月，修补旧作《经案》发表于《文艺俱乐部》。八月《空蝉》发表于《读卖新闻》，每月附上随笔《雨夜》《月夜》；《浊流》发表于《文艺俱乐部》，在当时掀起了一股"一叶风潮"。十月，《大雁》《虫音》发表于《读卖新闻》。十二月，《十三夜》和修改后的旧作《暗夜》发表于《文艺俱乐部》。在这被和田芳惠称为"奇迹的十四月"里，一叶留下了多篇深刻反映社会真实场景的优秀作品，轰动当时的日本文坛。

明治二十九年（1896年） 二十四岁

一月，《吾子》发表于《日本乃家庭》[①]，《岔路》发表于《国民之友》。二月，《里紫》发表于《新文坛》。四月，《青梅竹马》于《文艺俱乐部》发表，该小说发表后，于《清醒草》的"三人冗语"合评中，得到森鸥外、幸田露伴和斋藤绿雨的强烈赞赏，一叶因此被赋予"真正的诗人"称号。此时一叶的肺结核已严重恶化。五月，《通俗书简文》通过博文馆发行，《自焚》由《文艺俱乐部》发表。绿雨初次访问一叶。七月，三木竹二同幸田露伴来访，将随笔《杜鹃》发表于《文艺俱乐部》。八月，身患重病的一叶无法继续写作，将旧作和歌八首发表于《智德会杂志》。山龙堂病院长的亲自诊断后，宣告令人绝望的消息。秋季，斋藤绿雨和森鸥外商议，邀请青山胤通前来诊断，一叶此时已危在旦夕。

十一月，前往彦根中学赴任的马场孤蝶来到病榻前探视。二十三日午前，一叶因奔马肺结核[②]过世，死时年仅二十四岁。二十四日，斋藤绿雨、川上眉山、户川秋骨守夜；二十五日，冷清的葬礼在妹妹的主持下举行，仅有十余名亲友参加。樋口一叶埋葬于筑地本愿寺境内的樋口家墓地，残存下未完的日记、随想以及四千余首和歌。

[①] 《日本乃家庭》是由日本乃家庭社出版的杂志。——译者注
[②] 一种恶化极快的肺结核。——译者注

樋口一葉・五月雨
ひぐちいちよう　さみだれ

图书在版编目（CIP）数据

五月雨 /（日）樋口一叶著；杨栩茜译.—北京：现代出版社，2021.7
ISBN 978-7-5143-9107-7

Ⅰ.①五… Ⅱ.①樋… ②杨… Ⅲ.①短篇小说—小说集—日本—现代 Ⅳ.①I313.45

中国版本图书馆CIP数据核字（2021）第095244号

五月雨

作　　者：	［日］樋口一叶
译　　者：	杨栩茜
责任编辑：	申　晶
出版发行：	现代出版社
通信地址：	北京市安定门外安华里504号
邮政编码：	100011
电　　话：	010-64267325　64245264（兼传真）
网　　址：	www.1980xd.com
电子邮箱：	xiandai@cnpitc.com.cn
印　　刷：	三河市宏盛印务有限公司
开　　本：	880mm×1230mm　1/32
印　　张：	6.25
版　　次：	2021年7月第1版
印　　次：	2021年7月第1次印刷
字　　数：	113千字
书　　号：	ISBN 978-7-5143-9107-7
定　　价：	49.80元

版权所有，翻印必究；未经许可，不得转载

时间宝贵，我们只读好书。

诚邀关注"只读文化工作室"微信公众号

五月雨

[日] 樋口一叶 | 著　只读文化工作室 | 出品

世间万物都需努力才行。

——樋口一叶

> 时间宝贵，我们只读好书。

和风译丛·樋口一叶作品推荐

书名：《十三夜》
作者：【日】樋口一叶
译者：杨栩茜
出版时间：2019年6月
装帧形式：精装
ISBN：978-7-5143-7706-4

《十三夜》是19世纪日本优秀女作家代表樋口一叶的中短篇小说集，精选其代表作《十三夜》《暗樱》《行云》《月夜》等共计14篇。

樋口一叶寄居东京都市的一隅，以冷静之眼洞察世相百态，写尽普通人凡俗的日常生活，并发掘他们坚韧生活的方式和力量，更以慈悲的温热之心熨帖世人的疲惫日常。

樋口一叶的作品以其独特的拟古典文体在抒情性与叙事性取得了巧妙的平衡，从而兼具古典文学的气韵与近代文学的表现力。

时间宝贵，我们只读好书。

和风译丛·樋口一叶作品推荐

书名：《青梅竹马》
作者：【日】樋口一叶
译者：杨栩茜
出版时间：2019年6月
装帧形式：精装
ISBN：978-7-5143-7276-2

《青梅竹马》是19世纪日本杰出女作家樋口一叶的作品集，精选其代表作《青梅竹马》《大年夜》《经案》《岔路》以及随笔《杜鹃》《船桨上的雨滴》等共计8篇。

樋口一叶来自市井，书写市井，以自己在逆境中的崛起，书写大时代下小人物的生活原貌和人情百态，寄托世道衰败中对光明与温暖的渴望。

时间宝贵,我们只读好书。

和风译丛·樋口一叶作品推荐

书名:《五月雨》
作者:【日】樋口一叶
译者:杨栩茜
出版时间:2021年7月
装帧形式:精装
ISBN:978-7-5143-9107-7

《五月雨》是19世纪日本杰出女作家樋口一叶的小说集,精选其《埋没》《五月雨》《玉带》《无篷小舟》等6篇代表作。

樋口一叶笔下充满了对社会下层民众贫苦命运的深切同情,用简洁有力的肺腑之言温暖了一个时代。

时间宝贵，我们只读好书。

和风译丛·太宰治·"人间五重奏"系列

书名：《人间失格》
作者：【日】太宰治
译者：何青鹏
出版时间：2019年3月
装帧形式：精装
ISBN：978-7-5143-7606-7

本书收录太宰治最具代表性的小说《人间失格》《斜阳》以及文学随笔《如是我闻》。以告白的形式，挖掘人性深处的懦弱，探讨为人的资格，直指灵魂，令人无法逃避。

《斜阳》写的是日本战后没落贵族的痛苦与救赎，"斜阳族"成为没落之人的代名词，太宰治的纪念馆也被命名为"斜阳馆"。

《如是我闻》是太宰治针对文坛上其他作家对其批判做出的回应，其中既有对当时文坛上一些"老大家"的批判，也有为其自身的辩白，更申明了自己对于写作的看法和姿态，亦可看作太宰治的"独立宣言"，发表时震惊文坛。

和风译丛·太宰治·"人间五重奏"系列

书名：《惜别》
作者：【日】太宰治
译者：何青鹏
出版时间：2019年3月
装帧形式：精装
ISBN：978-7-5143-7605-0

《惜别》是太宰治以在仙台医专求学时的鲁迅为原型创作的小说。创作这部作品之前，太宰治亲自前往仙台医专考察，花了很长时间收集材料，考量小说的架构，用太宰治的话说，他"只想以一种洁净、独立、友善的态度，来正确地描摹那位年轻的周树人先生"；因而，在书中，读者可以看到鲁迅成为鲁迅之前的生活、学习经历及思想变化，书中的周树人，亦因太宰治将自己的情感代入其中，而成为"太宰治式的鲁迅"形象。

本书同时收录《〈惜别〉之意图》《眉山》《雪夜故事》《樱桃》《香鱼千金》等5部中短篇小说。

只读

时间宝贵，我们只读好书。

和风译丛·太宰治·"人间五重奏"系列

书名：《关于爱与美》
作者：【日】太宰治
译者：何青鹏
出版时间：2018年10月
装帧形式：精装
ISBN：978-7-5143-7277-9

本书收录了《秋风记》《新树的话语》《花烛》《关于爱与美》《火鸟》等六部当时未曾发表的小说。这部小说集是太宰治与石原美知子结婚后出版的首部作品集，作品集中表现了太宰治对人间至爱至美的渴望，以及对生命的极度热爱。像火鸟涅槃前的深情回眸，是太宰治于绝望深渊之中的奋力一跃。

和风译丛·太宰治·"人间五重奏"系列

书名：《虚构的彷徨》
作者：【日】太宰治
译者：程亮
出版时间：2020 年 3 月
装帧形式：精装
ISBN：978-7-5143-8295-2

本书以日本筑摩书房 1985 年出版的《太宰治全集》为底本，收入《小丑之花》《狂言之神》《虚构之春》三部长篇小说，构成《虚构的彷徨》。并附《晚年》中的三部短篇《回忆》《叶》《玩具》。

《小丑之花》发表于 1935 年 5 月的《日本浪漫派》。翌年，《狂言之神》经佐藤春夫先生的推荐，发表于美术杂志《东阳》的十月号，《虚构之春》经河上彻太郎先生的推荐，发表于《文学界》的七月号。此三篇，依花、神、春的顺序，构成了长篇三部曲《虚构的彷徨》。

只读

时间宝贵，我们只读好书。

和风译丛·太宰治·"人间五重奏"系列

书名：《他非昔日他》
作者：【日】太宰治
译者：程亮
出版时间：2020年3月
装帧形式：精装
ISBN：978-7-5143-8303-4

本书以日本筑摩书房1985年出版的《太宰治全集》为底本，主要选取太宰治生前出版的作品集《晚年》中的经典作品结集而成，收入《鱼服记》《列车》《地球图》《猿之岛》《麻雀游戏》《猿面冠者》《逆行》《他非昔日他》《传奇》《阴火》《盲草纸》等11部中短篇小说。

时间宝贵，我们只读好书。

和风译丛·太宰治·"人生风景三部曲"系列

书名：《富岳百景》
作者：【日】太宰治
译者：程亮
出版时间：2020年10月
装帧形式：精装
ISBN：978-7-5143-8760-5

本书以日本筑摩书房1985年出版的《太宰治全集》为底本，收入太宰治的《富岳百景》《女生徒》《二十世纪旗手》《姥舍》《灯笼》等9部中短篇小说及随笔。

《富岳百景》写法别致，为多数日本高中语文教科书所选用。它以富士山为中心，多种角度地描写了富士风景，每种风景都寄托了太宰治的情感。

《二十世纪旗手》的副标题"生而为人，我很抱歉"已成为广为流传的一句名言。

时间宝贵，我们只读好书。

和风译丛·太宰治·"人生风景三部曲"系列

书名：《东京八景》
作者：【日】太宰治
译者：朱航
出版时间：2020年10月
装帧形式：精装
ISBN：978-7-5143-8808-4

本书以日本筑摩书房1985年出版的《太宰治全集》为底本，收入太宰治的《盲人独笑》《蟋蟀》《清贫谭》《东京八景》《风之信》等9部中短篇小说及随笔。

《东京八景》是太宰治的青春诀别辞。《盲人独笑》则通过一个盲乐师的日记，写出了他面对苦难人生的乐观。《蟋蟀》则通过一个艺术家妻子的口吻，申告了太宰治自己对艺术、成功与富有的独特看法。

时间宝贵，我们只读好书。

和风译丛·太宰治·"人生风景三部曲"系列

书名：《黄金风景》
作者：【日】太宰治
译者：程亮 朱航
出版时间：2021年6月
装帧形式：精装
ISBN：978-7-5143-8936-4

本书以日本筑摩书房1985年出版的《太宰治全集》为底本，收入太宰治的《黄金风景》《雌性谈》《八十八夜》《美少女》《叶樱与魔笛》等13篇小说及随笔。

《黄金风景》通过女佣阿庆对纨绔少爷始终如一的体谅与宽慰，写出了太宰治对女性之美的崇敬。《懒惰的歌留多》通过对懒惰之恶的深切反思，写出了振聋发聩的"不工作者，就没权利，自然会丧失为人的资格"。

时间宝贵，我们只读好书。

和风译丛·经典推荐

书名：《青眉抄》
作者：【日】上村松园
译者：贝青
出版时间：2018年10月
装帧形式：精装
ISBN：978-7-5143-7274-8

《青眉抄》是日本以美人画闻名于世的画家上村松园的散文随笔集精装典藏本，为国内首次出版，内含多幅美人画彩插、四联书签，以及藏书票。本书包括《青眉抄》和《青眉抄拾遗》两辑。

本书以"青眉"为题眼，切入其数十年孜孜钻研的美人画创作之艺术，剖析她本人从艺之道、艺术之本心，其对日本绘画的揣摩研究、对服饰妆容等在内的日本传统文化有深入系统地研究，有较高的文化价值和艺术价值。文字清雅、凝练，有自己的成长记录，如上学学画及具体作品的绘画体会，文字朴实，用词准确，文风淳厚，文如其画，如其人。

时间宝贵，我们只读好书。

和风译丛·经典推荐

书名：《怪谈：灵之日本》
作者：【日】小泉八云
译者：冬初阳
出版时间：2020年7月
装帧形式：精装
ISBN：978-7-5143-8478-9

本书收录爱尔兰裔日本学者小泉八云的《怪谈》和《灵之日本》中的作品共34篇文章，包括22篇怪奇故事和探讨蝶、蚊、蚁、蚕、犬吠、香、佛足石的文化随笔等。

小泉八云不仅是个小说家，将他挖掘整理的日本怪奇故事小说化；还是一个日本民俗学者，痴迷于研究、探讨日本甚至东方中国的民俗和精神文化。《蓬莱》一篇充分体现了小泉八云对中国的向往，而《安艺介之梦》则明显是来自中国"黄粱一梦"的故事，《青柳的故事》部分情节与唐传奇中的《柳氏传》也非常相似。

只读

时间宝贵，我们只读好书。

和风译丛·经典推荐

书名：《影》
作者：【日】小泉八云
译者：冬初阳
出版时间：2020年7月
装帧形式：精装
ISBN：978-7-5143-8477-2

本书以小泉八云1900年出版的英文原著为底本译出，分为"奇书故事选""日本文化研究""幻想录"三个部分，共16篇文章。

内容涉及日本怪奇故事、民俗风情以及作者的奇异思考，作品渗透了东方美学中的寂寞、幽怨、唯美的气质，充分体现了小泉八云不仅是一位怪奇小说家、日本民俗学者，还是一位思想超前的文学家。

和风译丛·经典推荐

书名：《春天乘着马车来》
作者：【日】横光利一
译者：吴垠
出版时间：2021 年 3 月
装帧形式：精装
ISBN：978-7-5143-8966-1

本书以日本青空文库为底本，收入横光利一的《苍蝇》《春天乘着马车来》《飞蛾无处不在》《机械》《梅雨》《脑子与肚子》《琵琶湖》《日轮》《神马》《睡莲》《无常之风》等 11 部中短篇小说。

《脑子与肚子》以"新感觉派"的方式对人性进行了解构。《蝇》的结尾以一只苍蝇的独特视角来审视一场悬崖边的车祸。《太阳》则以华丽的辞藻、奇异的修辞、史诗一样的语言，讲述了日本上古时代耶马台国女王卑弥呼的故事。

只读

时间宝贵，我们只读好书。

和风译丛·经典推荐

书名：《梅雨前后》
作者：【日】永井荷风
译者：潘郁灵
出版时间：2021年5月
装帧形式：精装
ISBN：978-7-5143-8982-1

《梅雨前后》是日本唯美派作家永井荷风的经典小说集，包括《梅雨前后》《散柳窗的晚霞》《背阴之花》《某夜》《羊羹》等小说代表作。

不同于谷崎润一郎热衷于通过女性美和官能美来反对封建伦理道德对性和爱的压抑，永井荷风更擅长借助描写世态风俗对明治维新后日本的表面西化予以嘲讽和批判。

永井荷风关注女性群体，尤其是那些挣扎在命运泥潭中的下层人物，她们代表着正在慢慢消逝的江户风情。其作品流露出把握当下、体会欢悦的享乐主义思想，同时也体现了作者在当时日本社会形势下追求真实，用对江户风情的追悼的独有叛逆笔调。

只读

时间宝贵，我们只读好书。

—和风译丛—

001 太宰治《人间失格》(平装)
002 太宰治《惜别》(平装)
003 织田作之助《夫妇善哉》(平装)
004 宫泽贤治《银河铁道之夜》(平装)
005 坂口安吾《都会中的孤岛》(平装)
006 上村松园《青眉抄》
007 太宰治《关于爱与美》
008 谷崎润一郎《黑白》
009 梶井基次郎《柠檬》
010 幸田露伴《五重塔》
011 宫泽贤治《银河铁道之夜》(精装)
012 太宰治《人间失格》(精装)
013 太宰治《惜别》(精装)
014 芥川龙之介《罗生门》
015 泉镜花《汤岛之恋》
016 夏目漱石《我是猫》
017 樋口一叶《十三夜》
018 尾崎红叶《金色夜叉》
019 坂口安吾《都会中的孤岛》(精装)
020 樋口一叶《青梅竹马》

只读

时间宝贵,我们只读好书。

021 织田作之助《夫妇善哉》(精装)
022 太宰治《虚构的彷徨》
023 太宰治《他非昔日他》
024 小泉八云《怪谈:灵之日本》
025 小泉八云《影》
026 谷崎润一郎《盲目物语》
027 谷崎润一郎《细雪》
028 太宰治《富岳百景》
029 太宰治《东京八景》
030 太宰治《黄金风景》
031 横光利一《春天乘着马车来》
032 谷崎润一郎《少将滋干之母》
033 谷崎润一郎《猫与庄造与两个女人》
034 永井荷风《梅雨前后》
035 樋口一叶《五月雨》

—即将推出—

谷崎润一郎《卍》
永井荷风《地狱之花》
永井荷风《晴日木屐》
堀辰雄《我思古人》
…………